中國語文

# 中國訓詁學

周何 著

三民書局

# 自序

余自民國五十六年起，即教授訓詁學於國立臺灣師範大學國文學系，前後凡二十三年，其間猶曾兼課於私立淡江文理學院日夜間部中文系數年，講稿亦逐年增修，十餘年前，聞已有人據學生筆記複印出售，為恐學生筆記不全，流傳之後，貽誤後學，早有正式出書之想，無奈俗務繁雜，終難成事。至民國八十一年，為細人所陷，金錢損失無數，乃至身敗名裂，幾無容身之地。不得已而提前退休，擺脫一切雜務，擬從此專心撰著，復以心情鬱抑，於八十五年春，竟罹患腦中風之疾，左肢行動不便，全靠右手利用電腦打字，終將舊稿整理清楚，送交三民書局，聞將付梓，欣為之序。

又現尚在逐漸復原中，在此期間，幸賴趙鳳娣女士悉心照顧，謹此致謝。且又於今年伴我返故鄉泗陽尋根，始知余生母張氏夫人早已逝世，適逢二十週年之忌日，木立墳前，心痛如絞，蓋母生我甫六月，即被抱離母懷，我母日夜思念哭泣，至於失明，暌隔六十餘載，今雖返鄉，惟見長天一空，黃土一抔，誠如所謂子欲養而親不在，痛極呼天，天猶無言，是皆余之罪孽也。遂悟趙女士慰我之言，勤著述以報親，懷坦蕩以對人，無慚所學，無愧於人，固足以挺立於天地之間矣。故病中猶自不輟，今將成書，獻之於母墳之前，蓋亦堪可告慰者與。謹序。

一九九七年九月二十三日　周何　序

# 中國訓詁學　目次

# 第一章　訓詁的名義

「訓詁」是同義連語的複合詞。

《說文》：「訓，說教也。」段注：「說教者，說釋而教之。」就是說明解釋而教導別人的意思。不過需要說明解釋的內容究竟是甚麼，似乎並沒有交代。《爾雅・釋訓》的《經典釋文》說：「訓謂字有意義也。」又《詩經・大雅・烝民》的孔《疏》說：「訓者，道也；道物之貌以告人。」這兩處的解釋比較明確地指出，「訓」的主體內容著重在文字的意義及物體狀貌的說明。

又《說文》：「詁，訓故言也。」段注：「訓故言者，說釋故言以教人，是之謂詁。」意思是把從前的語言加以解釋說明，教給現在的人聽。《爾雅・釋詁》的《經典釋文》引張揖《雜字說》云：「詁者，古今之異語也。」又《詩經・周南・關雎》的孔《疏》云：「古今異言，通之使人知也。」由此看來，「詁」的主體內容著重於語言的解釋。

「訓」既是重在文字及事物的說明，「詁」則重在語言的解釋，主體內容雖有差異，但如就對某些事物給予解說的作用而言，卻是沒有什麼不同。正因為這兩字的解說作用相同，所以才有人加以連用而成為複合詞中的同義連語。這種同義連語的組合，是一種對等並列的關係，就像「尋找」、「增添」、「悒鬱」、「憂煩」等詞語一樣，兩個單位之間，彼此都沒有主從、因果或先後等因素在內，所以往往都可以倒過來使用。如「尋找」可以作「找尋」，「增添」可以作「添增」，「悒鬱」可以作「鬱悒」，「憂煩」可以作「煩憂」等一樣，「訓詁」自然也可以作「詁訓」。只有習慣與不習慣的問題，而沒有合理與不合理的毛病。所以《毛詩詁訓傳》作「詁訓」，而揚雄〈答劉歆索方言書〉中作「訓詁」，同在漢代，而兩詞的使用意義並無差異；甚至直到清代，也是「訓詁」、「詁訓」通用無別。目前各大學中文系或國文系課程表內所列的名稱為「訓詁學」，這只是近世習慣的用法；換句話說，如果我們改稱為「詁訓學」，也沒有什麼不可以的。

「訓詁」，除了可以稱作「詁訓」外，還有許多意義相同的別稱：有稱「訓故」，見於《漢書・儒林傳》，「申公以《詩經》為訓故以教」；又有稱「解詁」的，何休的《公羊解詁》；或稱「解故」，《漢書・藝文志》載《尚書》有「大小夏侯解故」；也有單稱「故」的，《漢書・藝文志》載有《詩魯故》、《詩韓故》。其他如稱「傳」、「注」、「箋」、「解」、「疏」等，名稱雖然各異，其實意義一樣。

齊佩瑢《訓詁學概要》花了很大的篇幅，討論詁訓是否源出於《詩經・大雅・烝民》「古訓是式」古訓二字的問題，而又說得不甚清楚，很容易使人誤會詁訓原作古訓。所以在開始時必須費些文字來說明訓詁二字是對等並列的組合。

# 第二章　訓詁的範圍

訓詁的範圍相當廣泛，比較重要的有四部分：

## 一、語言方面

中國的語言是屬於漢藏語族的中國語系，使用這種語言的人數超過十億以上。人口眾多，幅員廣大，加上歷史的悠久，變亂的頻仍，因此語音語彙隨時隨地都會有其自然的演變。尤其由於山川地形的不同，某些地區因為環境閉塞，形成其語言的保守而孤立；某些地區卻由於平坦開闊，人口遷徙量大，形成其語言的交流與混合。於是從歷史文獻中所保留下來的許多古今異言，方國殊語，訓詁在今天更是消滅疏通其隔閡的重要工作。

## 二、文字方面

其實有許多古語、方言，實際上仍舊是保存在文字的紀錄中；所以在形態上，有不少的文字可以包括語言。但除了那些代表語言的文字外，字形本身也含有隨著時空條件而不斷變化的種種現象。還有文字在初造時自有其當時賦予的本義，也有後人在行文時，所造成各種使用意義等等的差異。所以在前人運用文字以表達各類名物制度、體貌狀況、思想情感時，當時用字的意義，後人是否都能完全正確地瞭解，往往都是問題。種種因素所形成文字層面的隔閡，也必須要憑藉訓詁來解決。

## 三、義蘊方面

語言和文字都是我們用以表達思想和情感的工具，但在從前文言的時代裡，文字的使用尤其是要求精鍊質約，言簡而意賅。於是現在要從那些極其精簡的字裡行間，希望能透徹瞭解前人深刻的思想，切實體會前人豐富的情感，當然不是一件容易的事。有時甚至表面上每個字都認得，然而這些字組合而成的整句，究竟是什麼意思，卻未必能完全瞭解。就像先秦諸子的著作，或宋明理學家的語錄，其思想的內涵，及對性理的剖析；甚至如唐詩、宋詞等類的文學作品，其情韻的表達，及言外之意；似乎都很難僅靠合併許多單字的解釋說明，就可以獲得滿足的。這些屬於內涵的義蘊，往往必須要靠透徹清晰的闡述發揮方式，才能讓人全部吸收。所以義蘊的闡釋，也是屬於訓詁範疇以內的事。

## 四、特殊問題

常有一辭而有很多不同意義的解釋；這些意義究竟是如何產生的？這些不同的意義彼此之間是否有什麼關係存在？這些意義之間究竟具有怎樣的差異？此外，也有很多不同的語辭卻同指一件事物；同一事物，為什麼會有那麼多不同的表達方式？這些不同的語辭其來源究竟如何？在運用上其適應的程度有何差別？這些都是比較特殊的問題，也都是比較需要深入研究才能解決的問題。還有某類的字音或語音，往往就會含有某種共同的意義；或是某種文字的偏旁，往往就會帶有某類共同的作用；其原理如何？有無原則可循？類似這些比較特殊的問題，在必要時透過比較深入的研究處理，可以讓讀者能清晰地瞭解作者真正的原意。這類問題的探討或處理，也都歸屬於訓詁的範疇。

以上僅就訓詁範圍所作重點的說明而已，其實當不止此，因為凡是有關語言文字以及事物的詮釋描述等，都可以歸屬於訓詁範圍。當然在訓詁工作的運作中，一定會牽涉到許多其他的相關科目，甚至還有必須以某種科目為基礎的情況，於是對訓詁範疇已有正面相當的瞭解之後，對於訓詁與其他相關科目之間的科際劃分，也必須要有外限範疇的說明。

如果以數學科目為例，微積分必須以代數、幾何、三角函數等為基礎，但這些科目彼此之間的科際劃分還是非常的清楚。說得更明白些，微積分的演算過程中，可以運用代數、幾何、三角等科目中已有的定理或原則，而不必從頭再把這些定理原則的證明過程全部列上。因為如果把那些證明的過程全部列上，便等於是侵犯了各該科目的學理範圍。同樣道理，訓詁學在實際運作時，必然會牽涉到文字學、聲韻學、文法、修辭，以及版本、校勘等科目，這是無法完全隔離的。甚至還可以說，文字學、聲韻學等是訓詁學的重要基礎，然而最多也只限於在實際作業中，可以適當地運用文字學、聲韻學中已成定論的原理原則或條例等，而不必再從事那些基礎理論的證明及探討。否則便會產生在訓詁學中似乎仍然重複地講文字學及聲韻學的詬病，而形成科際分界不清，或侵犯各該科目的不合理現象。正因為文字學、聲韻學是訓詁學的重要基礎，所以在大學中文系的一系列課程中，把文字學和聲韻學列為訓詁學的先修科目。一般情形，總是二年級修文字學，三年級修聲韻學，到四年級才能修訓詁學，這就是系列課程的合理安排。嚴格說來，沒有修完文字學便不能修聲韻學，沒有修完聲韻學當然更不能修訓詁學，這和沒有修習代數、幾何、三角，就無法修習微積分的道理是一樣的。所以如果在訓詁學的科目內，仍舊在講授文字學或聲韻學等基本課程，豈不成了疊床架屋，重複而浪費了嗎？這就是訓詁學的外限範圍。

文字學、聲韻學和訓詁學這三門科目，既然自成系列，自然表示三者之間確實有其密切的關聯。由於關聯相當密切，所以才會容易使人誤以為訓詁學與其他兩門科目之間分界觀念的混淆不清。因此在說明訓詁學自身獨立的體系內容、理論及方法運用之外，單就其與文字學、聲韻學容易使人感覺相混的地方，稍作釐清與界定，也是非常必要的事：

(1)文字學所追求的最終目標，在於文字本形本義的瞭解。首先要認識的是文字最早的形製和結構的原則；然後再根據早期而正確的形構，推斷創造文字者當初所賦予的概念，也就是文字的本義究竟是什麼？在研究的過程上因此特別重視「分析字形，以明本義」的原則。

(2)聲韻學所探究的目標，在於語言文字的本音及歷來音變的現象。首先必須鑑別各時代的音類；由音類的鑑別建立發音的原理，並分析發音部位與發音方式的配合狀況，從而掌握古今歷來音變的原因及音變現象的說明。

(3)訓詁學則是在於探究語言文字在被使用時，由使用者當時所賦予的概念究竟如何？以及該語言文字何以能有此種音義的表達功能。所以首先必須鑑定此語言文字的原始本音及義界，以此音義作為基礎的原點，再由原點出發，探索其音義變遷的歷史軌跡，及其所以形成如此變化的種種原因，進而歸納出若干規律及條例，以備在解釋任何語言文字的疑難困惑時，可以判定其在使用當時比較正確的概念。

以上的說明雖嫌簡略，而且未必周延，然而大體已可以看出這三門關係非常密切的科目，無論在內容重點、研究過程及研究目標上，都各自有其釐然劃分的界限，與獨立研究的主體，不容夾雜混淆。至少對訓詁的內涵與外限，已多少有了些概貌的認識。至於訓詁學一詞，林師景伊《訓詁學概論》說：「訓詁者，以所知之語言釋所不知之語言；以所知之文字釋所不知之文字。訓詁學不僅求其語言之溝通而溝通文字而求明義理者也。」單言訓者，謂順其文義以說解訓釋之也；單言詁者，謂通其古言以訓釋之也；合訓詁而言之，殆始於漢之揚雄，漢世訓詁初義只為整理殘籍時解釋古字古言之謂，故黃季剛先生〈訓詁述略〉說：「初無時地之限域。」子雲而後并方言雅言之殊而屬之，晉唐以降，則辨識名物制度，疏通言辭義理，皆得謂之訓詁矣，是則林師之說是也。時至今日而論，訓詁學者，可概略而言：

(1)就目的言：疏通古今異言、方國殊語之隔閡；訓釋名物制度、義理形貌之含蘊；說解一辭多義、殊名共實之關係。

(2)就方法言：以已知之語言文字訓釋所不知之語言文字，而具有條理系統之研究的一門學問。

# 第三章　訓詁的歷史

有關歷來訓詁工作的成績，胡樸安著《中國訓詁學史》一書，已經分門別類地介紹得相當詳細；這裡所以還要來談訓詁的歷史，主要目的是在藉此說明歷代訓詁工作的發展情況和演進趨勢，進而可以掌握今後訓詁工作應該努力的方向和重點。

中國訓詁的發展演進，如依時代來分，約有四段時期。

## 一、萌芽時期

先秦時期的典籍，其本文中即往往帶有訓詁的成分在內。原因是當時在言語或行文中，偶然用到一些比較生難的詞語，惟恐別人聽不懂或看不懂，於是隨即在言語之後或本文之下，先為那些生難詞語作一解釋，然後再接著說下去，於是就產生了本文夾注的形態，這就是最早期的訓詁工作。如《孟子・滕文公》引述《尚書》：「洚水警余」，接著就必須解釋說：「洚水者，洪水也。」又如《孟子．梁惠王》引述逸詩「畜君何尤」，於是立刻接著解釋說：「畜君者，好君也。」這類的訓詁，可以說是情非得已，偶然為之，實際上也不過是隨文解義，談不上什麼體例或原則。然而卻是合乎標準的訓詁形式，應該可以認作是早期訓詁的萌芽時期。所以阮元的《經籍纂詁．凡例》中列有「經傳本文即有詁訓」之例，也是表示承認這些資料都應該納入訓詁歷史和成績之中的意思。

## 二、奠基時期

經過秦代的焚書坑儒，到了漢初，書籍殘缺不全，惠、文二帝有意振興文化，獎勵學術，於是派人到各地去訪求前代遺老。由他們就記憶所及，口誦經文，而以當時通行的隸書予以記錄，交給學官去研究和教授，這就是所謂的今文經書。然而無可諱言的，這批今文經書自有其先天的缺憾存焉：

(1)口誦筆錄的結果，往往有只記其音，而並非原來文字者。
(2)這些宿儒遺老年歲都已很高，全憑記憶背誦，未必都能保持完整而無缺失。
(3)老年人口齒不清，加上方言上的歧異，筆錄下來的文字難免有誤差。

基於這三種因素，這批被奉若至寶的經書，可以想見必然是阻結橫生，很不容易徹底瞭解。就如鼂錯奉命到濟南伏生家裡去學《尚書》，等他筆錄完成，帶回學官之後，他自己就曾說過「所不知者十之二三」。負責筆錄的本人尚且有十之二三不懂，學官中的人當然更是為難了。因此當時的學術界皓首窮經，充其量也只不過是致力於離經斷句，求其訓詁通而已。

其時又有很多先秦的古書陸續被人發現，雖然學官中已是今文經學的天下，可是民間仍有不少人在流傳及研究這些出世的古文經。從西漢末劉歆的大力提倡後，東漢時期研究古文經學的人愈來愈多。然而這些古文經書本身也有其先天上的缺憾：

(1)可能有斷簡殘編，錯亂補綴的現象。

(2)王國維曾說這些書上的字體是先秦時代東土通行的文字，所以號稱古文，在漢代恐怕已沒有人能夠完全認得出來。

因此漢代的古文經學家的研究工作，也必須全心全力放在文字的整理和字句的解釋上。

既然兩漢的經學家，無論今文古文，都同樣地必須著力於章句訓詁，因此訓詁的基礎是在他們的手中建立起來的，這便是訓詁的奠基時期。從訓詁的工作成績來看，他們是盡力而為，所以許多訓詁的基本原則、用語、方式等，差不多都是經由他們所開創出來的。他們的時代又去古未遠，而且大多是師承有自，成績自是相當確實可信。不過當時文具的使用還是不如後來方便，所以在形式上總是比較簡略，而且也和前期一樣，大多是隨文解義而已。

## 三、發展時期

漢注過於簡略，到了唐代自已感到不夠，於是便興起了所謂的義疏之學。學者大都傾向於對古籍的重新而徹底的整理。如孔穎達等人的《群經正義》，司馬貞的《史記正義》，楊倞的《荀子註》，李善的《昭明文選註》，無論是經、史、子、集，都作了很多極為詳盡的注解和翻譯。這時期的訓詁特色除了詳盡之外，又注意到注音的工作。原因是由漢至唐，有很多字一般人已不能讀得出來，注音已是必需的了。再者由於佛經的傳入，利用反切注音的方法非常方便而且普遍，所以在訓詁的工作中，自然就會加進了注音的部分。不過在形式上，解義和注音多半還是各自為政，並沒有留意到音義的相關與配合。音義相關與互相配合的訓詁運用，一直到宋儒的手中，才開始有了發展的機運。

宋代理學的昌盛，實際上還是有賴於漢、唐時期訓詁成績的鋪路。沒有前人清掃障礙的訓詁基礎，不可能那麼容易地就能登堂入室，窺義理之堂奧的。如果必須要在古籍中找尋立論的依據，無論如何總離不了訓詁的階梯；所以儘管那些理學家如何講求尊德性，或是主張道問學，還是必須經由訓詁入手。譬如陸派陳經的《易傳》，楊簡的《慈湖詩傳》，朱派蔡淵的《易經評解》，蔡沈的《書集傳》，甚至朱熹自己的《四書集註》，都是以「傳」、「解」、「集註」等的訓詁名稱為題，也就是這個道理。所不同的只是他們以訓詁為過程，而以義理為終極目標而已。所以不能誤以為宋學重視義理，就完全丟棄章句訓詁。他們對於訓詁的工作仍然有其相當重大的發展和貢獻，其貢獻即是注意到音義的相關和配合。在他們的手中，對於一般人認為生難的文字，雖然也會注音，但並不很多。倒是普通常見的字，由於歷來使用的方式不同，意義有了轉變，前人為了使不同意義的區別更為明顯，有意造成音讀的歧異；利用音讀的不同以表示同一個字在此處使用意義的不同，早期謂之四聲別義，現代則稱為破音字。宋儒對於這些，往往都會特別留心地加上注音。因此他們訓詁的注音工作，就是為了要表明這些文字的音義之間，確實具有相關與配合的特性而作的。這是一項非常自然，而卻是極其重要的發展關鍵，所以唐宋兩代被看作是訓詁的發展時期。由是而下開清代學者特別注重音義相關的訓詁研究成果，其功不可沒。

## 四、研究時期

清代學者上承唐宋以來音義配合的訓詁發展趨勢，從而特別注重聲音的價值。所以從顧炎武以下，有名的訓詁名家，人人都通聲韻之學。他們時常標榜「詁訓之旨，本於聲音」，「因音以求義」等的口號，並落實於其訓詁工作之內。如段玉裁曾說：「聖人之制字，有義而後有音，有音而後有形。學者之考字，因形以得其音，因音以得其義。」在理論的程序上說，這是絕對合理而應該的原則；但實際的訓詁作業中，我們往往都會是「望文生義」，看到文字的形體，跳過聲音的階段，而立刻直接判斷其為何義。忽略了產生過程中必須經由的聲音關鍵，所得之義是否正確，實在是有問題。所以這些話雖然是非常普通而平淺，但卻是極為重要的基礎觀念。

由此基礎觀念的獲得共識，從而開始研究發展，才會有清代訓詁輝煌的成就。他們注意到聲音的價值，於是先從形聲字的聲符著手，經過歸納整理，在過去許慎《說文解字》五百四十部首，以形為主的傳統觀念之外，另外建立了一套純粹以聲符為主的聲系觀念。從而發現凡是同一聲符的形聲字意義都很相近，至少具有某一部分共同的意義。於是「凡从某聲皆有某義」等的訓詁條例，逐漸由模糊概念終於獲得具體的證實。

接著由於文字聲符的整理過程，又發現可能聲符的字根並不相同，而只要聲音相同或相近，意義上也往往會有相同或相近的現象。更進而分析研究，凡發聲部位或發聲方式相同相近者，或韻類部居相近同者，也往往會有義同或義近的現象。於是訓詁的發展，更從字根的研究跨入了語根研究的領域，由「凡同音多同義」的條例發展到「音義同源」之說。材料方法的運用範圍愈形擴大，而研究的主體也由粗疏平淺而逐漸轉入細密與成熟的階段。

從上述歷來訓詁學的成績，與研究發展的趨勢看來，民國以來，以至今後的訓詁學應走的途徑，除了沿承過去已有的成就繼續求其完滿與周密外，更應掌握聲音訓詁的重要基準，吸收語言學、語意學、解釋學等新興學科的知識，來幫助我們發展未來訓詁的研究路線。於是在研究方向上，不妨提出一些理想而具體的建議，俾資參考：

### 1. 調查方言，整理語彙

今日的語言當然不同於古代的語言，但也並不是完全不同。其實古代的語彙仍然有不少遺留在今日的語言之中，尤其是閩、粵一帶，過去交通不甚發達，語言較少混雜的地區，其方言中保存古語的成分也較多些。如果能運用語言學、方言學的知識，調查各地區的方言，加以彙整過濾，提煉出古代的語彙來，依據現在所瞭解的內含意義，對文獻資料的訓詁工作，相信一定能打開一段新的里程。因為那些文獻資料中，必然有不少當時語言成分的保存，而如今都已成為文字，如果只從當時記音作用的文字層面去探索，那可真是走錯了路，不可能瞭解其真正的原意；但如能憑藉今日通用的語言，熟悉的意義，與文獻資料所保存的古代語彙彼此對照，相信收穫一定非常豐富而可貴。如揚雄《方言．九》：「車枸簍，宋魏陳楚之間謂之篵，秦晉之間、自關而西謂之枸簍。」枸簍究竟是什麼意思，很難猜想，不過《方言》所載是當時各地的語言，而當時語言有可能仍保留在現在的語言裡，所以不妨留意一下現代語言中聲音相近的辭語，可能會找到適當的答案，而且這必與車有關，現代北方話裡稱車輪為車骨碌，又在地上打個滾爬起來叫一骨碌爬起來，打個滾也是圓形的動作，又腮幫子鼓起來說話謂之咕嚕；骨碌、咕嚕，都是一個見母字加一個來母字，來母與端母都是舌音字，古音極易相混，《宋史・儀衛志》有「骨朵子」，子是指手持骨朵的人，「骨朵」是一根長桿，桿端有一大圓球的儀仗，而「骨朵」也含有圓形之義，不過來母字變成端母字而已，現在被蚊蟲咬後皮膚上長了個圓包，叫做疙瘩，還是一個見母一個端母字，可見枸簍、骨碌、骨朵、疙瘩同是一個語言的變化，所表示的意義也是相同的，所以車枸簍就是車骨碌，也就是圓圓的車輪。這就是從現代語言去瞭解古代辭語含意的一個例子。

## 2. 詞義之斷代分類研究

過去的訓詁成績似乎缺乏歷史及區域觀念，只知某字在過去曾經有多少種的使用意義，在作業上只要任意選擇自己認為適合本文需要的一種解釋就行了。其實這是相當危險的事，因為某種意義的使用，可能只適合於某一時代，或某一時代以後；也有可能只適用於某種環境，或某種文體範圍以內；因此精密的訓詁工作就應該注意到此一語詞的時間空間的適應性。如果我們能作好詞義的斷代研究，找出這些詞義適用的上限和下限，給予正確的時空定位，一方面可以藉此瞭解詞義演變的歷史過程，一方面又可確定某個時代的文章裡，某字只能適用某種解釋的定詁。如果能更進一步根據文體的分類整理，更能指出某字某詞在某時代某種文體中最正確的用法。如白居易〈昭君怨〉詩：「自是君恩如紙薄，不須一向恨丹青。」「一向」一辭往往都解釋為從某時到某時一直都這樣的意思，但到晚唐王建的〈江館對雨〉

詩：「烏聲愁雨似秋天，病客思家一向眠。」「一向」則是一味、一意的意思。五代溫庭筠的〈谿上行〉：「風翻荷葉一向白，雨濕蓼花千穗紅。」「一向」則是一片之意。李後主的〈浪淘沙〉：「夢裡不知身是客，一向（亦作晌、餉）貪歡」。又歐陽修的〈漁家傲〉：「醉倚綠陰眠一向，驚起望，船頭擱在沙灘上。」「一向」則是指短暫片刻、一會兒。這都跟時代及文體的不同有關；又「次第」原是次序之意，而李清照的〈聲聲慢〉：「梧桐更兼細雨，到黃昏，點點滴滴，這次第怎一個愁字了得?」「次第」已變為情形、光景的意思。又元曲中常有其獨特之用法，如《金鳳釵・劇三》：「生受大哥。」「生受」即煩勞之意，《西廂記・四之二》：「出落得精神，別樣的風流。」「出落」即分外顯現之意。《秋胡戲妻》：「他好歹隨順了我。」「好歹」即不論如何總會的意思。唐詩、宋詞、元曲，時代文體不同，其用語含意亦每各有其獨特性，此訓詁工作者不可不知也。

以上是依據過去的訓詁歷史發展的趨勢，提出沿承餘緒、開拓新途的兩項建議。其實前人那麼多年的努力，那麼多人智慧的累積，給我們所奠定下來的學術基礎既深且厚，應該還有很多工作可以做。而且在接受前人光輝燦爛的成果和遺產之後，更應該有這份責任感，承先啟後，繼往開來，獻身於學術研究的範疇，讓訓詁的歷史在我們的手中寫下去。

# 第四章　訓詁的內容(一)——研形與審音

訓詁既得稱之為學，其內容至少應包含理論基礎與實際應用兩部分。不過目前在各大學中文系或國文系內開設此項課程的目的，似乎都限於從事學術研究或國文教學的實用方面為主；有關訓詁的理論部分，可能被認為比較深入，應該適合在研究所中教學，大學部中不必要講得太多。所以一般擔任這門課程的老師們也都比較著力於實用方面的講授。既然如此，而且又限於篇幅，關於理論部分姑予從略。由實用的觀點來談訓詁的內容，大約可從以下幾個項目來作說明：

## 一、研形

訓詁作業所接觸到的都是文字的層面，而文字必然有其形體的表現，於是文字形體的研討應該是訓詁的基本內容之一。不過就訓詁的範圍而研討文字的形體，必須利用文字學的知識，但卻並不等同於文字學。

## (一)本義的確認

文字學所追求的終極目標，是依據文字的本形分析，以獲得本義的確認，而訓詁對文字本形本義的確認，只是作業程序上的起點而已。因為依據字形分析所得的本義，相當於以後種種變化的「原點」。原點如果不能正確把握，則由本義的引申軌跡無從追蹤，而叚借以代替他字的判斷標準也無從建立，同字而異體的轉注關係也無從審定。因此本義的確認既是一切訓詁的基礎，則字形的分析研討被列為訓詁的內容，也應該是可以理解的。這裡提出兩個基本的原則：

### 1. 分析字形以明本義

如今要瞭解文字的本義，大抵都是依賴《說文》的解釋，然而《說文》是許慎所著，那些解釋都是許慎所定，定為具體的意義，就會認為是象形，定為抽象，則會認定為指事，況當時使用文言，言簡意賅，某也之訓，得為名詞，得為動詞、形容詞、副詞等不定，其為象形抑或指事亦不定也。文字初創，形體結構必有其意，分析字形，明其結構，其本義自得無誤。即或《說文》解形有誤，今尚有古文字可為查證，足知其初形為何，故分析字形當為探知本義之唯一途徑。

## 2. 明六書以判定本義

修過文字學的人，應該知道六書為造字之本，也有人談過六書有「三耦」之說，所謂三耦，即以象形、指事為一耦，會意、形聲為一耦，轉注、叚借為一耦，耦即兩兩相對之意，也就是說兩兩之間有難以區分鑑別之處，如果六書分類不能確定，則文字本義之判斷也會受到影響。

以前人說象形必是具體的物象，指事為抽象的意象，於是判斷的標準就放在具體與抽象的差異上面。其實這樣單純的標準是不夠的，因為時常有介乎兩者之間難以鑑定的情形，如：

天，顛也，至高無上，从一大。

旦，明也，从日見一上，一，地也。

立，侸也，从大在一之上。

大，天大地大人亦大焉，象人形。

飛，鳥翥也，象形。

依《說文》的解釋來看，所謂至高無上、明、侸、大小、飛舉等形容詞或動詞，都是抽象的意義，是否可以全都歸於指事字？當然不行。曾以「大」字為例作過分析：

(1) 从大構形者：

a.得其「人形」之意者：

天，顚也，至高無上。

夫，丈夫也，从大一，一象先（簪）。

亦，人之臂亦也，从大象兩亦之形。

立，侸也，从大在一之上。

夨，傾頭也，从大象形。

夭，屈也，从大象形。

尢，尳也，曲脛人也，象偏曲之形。

交，交脛也，从大象交形。

夲，進趣也，从大十，大十者，猶兼十人也。

央，中也，从大在冂之內，大，人也。

夾，持也，从大夾二人。

夷，東方之人也，从大从弓。

穴，放也，从大八，八，分也。

奎，兩髀之間，从大圭聲。

b. 得其「大」之意者：

美，甘也，从羊大。

赤，南方色也，从大火。

奞，鳥張羽毛自奮奞也，从大隹。

奇，異也，从大从可。

奄，覆也，大有餘也，又欠也，从大申，申、展也。

臭，大白也，从大白。

㚔，所以驚人也，从大从干，一曰大聲也。

奭，盛也，从大从皕，皕亦聲。

奢，張也，从大者聲。

夸，奢也，从大亏聲。

奕，大也，从大亦聲。

耎，稍前大也，从大而聲。

契，大約也，从大㓞聲。

溪，大腹也，从大𦃃省聲。

其他如奃奆奔奄奃戴等皆訓大也。

(2)从大得聲者：

a.得其「人形」之義者：

鈦，鐵鉗也（《御覽》引作「脛鉗也」）。

b.得其大義者：

杕，樹貌（段注引詩傳，云當作特貌）。

c.得其寬裕滑溜之義者：

泰，滑也，从廾水，大聲（段注云：「水在手中，下溜甚易也」）。

汰，析瀟（即洗米）也，从水大聲。

軑，車錧也，从車大聲。

戾，輜車旁推戶也，从戶大聲。

羍，小羊也，从羊大聲（段注謂詩生民「先生如達」，達即羍字，謂頭生順利滑溜也）。

達，行不相遇也，从羍聲。

d.得其熟習之義者：

忕，習也，从心大聲。

若就天大地大人亦大焉觀之，欲表大義，或即就手足張開之具體形象表示之，則為抽象之意，大字似可歸於指事；但「象人形」三字，又似具體之象形，故大字於六書之歸類實難判定，而其本義亦至模糊也，然就以上之分析，可明顯看出得其人形之義者多為象形或指事之文，而得其大義者多為形聲、會意之字，象形、指事之文當早於形聲、會意之字，是則大之初誼必是人形無疑，六書亦屬象形是也。於是六書明而本義定矣，此雖討論「大」字之六書歸屬，而亦提供一研究文字之方法及範例也。

會意形聲之間亦有難辨之處，許慎當時即知其難，是以許氏既有从某从某以為會意，从某某聲以為形聲之例，復有从某某、某亦聲之例，徘徊於會意形聲之間者，正以其有難以判斷之故也。今既有「凡形聲字，聲必兼意」之條例，則从某某、某亦聲者當皆歸於形聲之類，而無何疑慮矣。至於轉注、叚借之間，問題在於音同而意之同否，叚借主於音同，而無關乎意，斯則於第八章中詳論之，前人不辨，致以為難也。

## (二)字樣的演變

同一個字，而歷來字形的演變，即謂之字樣。當然，一般所謂的古今字、異體字等，也應該可以歸屬於字樣的範圍。在文獻資料中，時常會遇到一些古體字或俗體字的問題，如果不經訓詁解釋，可能會發生不少的誤會。如：以之作㠯，答之作荅，洛之作雒，視之作眡，烹之作亨，掩之作揜，美之作媺，深之作㴱，窗之作窻，備之作俻；又如一九五九年出土之武威漢簡：

〈士相見禮〉：「左梪（頭）奉之」

「主人尌（對）曰」

「埶（設）洗與于作（阼）階東南」

〈燕禮〉：「主人賓右鄭（奠）柧（觚）合（答）拜」

「公坐取夫（大）夫所勝（媵）觗（觶）」

〈大射〉：「樂正命大陠（師）曰」

〈少牢〉：「筮封（卦）占如初」

〈有司徹〉：「祝命佐食徹（撤）尸俎」

「降涫（盥）尸侑降」

又如《說文》：「㴱，深也。」

「㫗，厚也。」

《論語・學而》：「孝弟也者，其為人之本與？」

《論語・先進》：「莫春者，春服既成。」

《周禮・司儀》：「客趨辟。」

《周禮・匠人》：「日出之景。」

湙、深；扉、厚；弟、悌；莫、暮；辟、避；景、影。其他還有然、燃等，在唐疏中大抵都以古今字來處理，其實這些也都是所謂的轉注字（轉注問題請參看第八章第一節）。如一字一字辨認，可真是不容易，但若歸納出條理、說明其變化原則，則予後人許多方便。如宋代的《龍龕手鑑》，現代潘重規教授的《異體字表》，都是代表時代的重要貢獻。

### (三)字根的整理

中國文字，有單體的文，有複體的字。複體字是由兩個或兩個以上的文所組成，因此單體的文實際就是所有文字的根。中國文字雖然有好幾萬個，但單體的字根並沒有多少。如能掌握這些少數的字根，並能瞭解文字組合的方式及規律，則必可以簡馭繁，正確辨識所有文字的形音義。所以有關字根的整理及形義的配合，應該也是訓詁作業的基本內容。我在一九八二年十一月於行政院文化建設委員會的支持下編成《中文字根孳乳表稿》一書，把現行的中文字根整理出來：常用形母字根（使用頻率較高者）共二六五個。聲母字根八六九個，中間字根二〇五八個。提供研發中文電腦者參考，成為 CCCII 制的基本資料。

## (四)異體字之歸納研究

文字不是一時一地一人所造，因此雖然根據的語言相同，而所造成的字形可能彼此不同，字形雖有差異，所表達的音義應該是一樣的，所以不同的原因，只在於造字當時選用的結構方式與形符和聲符有異而已，把這些相異點拿出來檢驗研究，必會發現某些異中有同的現象，這些資料大部分還保存在《說文》的重文裡。

### 1.形變

(1)詠 咏　寓 庽
雇 鳸　跟 𣥺
玩 貦　蔦 樢
齲 𤘍

以上(1)組文字，聲符沒變，足徵語言本一，形符雖有改變，形符表義，一字之異體，義當無二致，是則形符所表之義當屬相同，如將各組形符挑出，自可看出其異中有同之處，如言與口、宀與广、隹與鳥、牙與齒、玉與貝、足與止、草與木，都是表義同類的符號，在造字當時用這個也可以，用那個也可以的，可以把他們作一繫聯，如同聲韻學裡反切上下字的繫聯一樣，成為一組組形符的義類，此處言與口繫聯，吟重文作訡，則又與音可以繫聯，嘯或从欠，呦或从欠，則口又可與欠繫聯，歡或从心作懽，是又得與心繫聯，這樣繫聯下去，可以找出中國文字裡許多表義同類的形符組來，熟悉這些形符組的義類之後，對於認識一些沒見過的字，會有很大幫助的。如止與足可以繫聯，而迒重文作⿰足更，从足更聲，則又與辵相繫聯，而徯重文从足，則又可與彳相繫聯，其實止、足、辵、彳等都是表示行動的符號，隨便用那個都可以。瞭解這個道理，看到⿱止斤字時，當能認出這就是近字的異體，从彳反聲的⿰彳反，就是返的異體字了。

(2) 瑱　⿰真耳

唾　涶

躧　⿰革麗

以上三組文字，聲符相同而形符改異，形符表意並非同類，然而造字當時使用這些形符自有其用意，把這些形符合起來當可得到比較完整的本義，如唾字，《說文》云：「口水也。」故其形符一从口作唾，一从水作涶，兩個不同的形符合起來正是口水的本義。又如躧字从足，其重文从革，合足與革，必是與足與革皆有關之事物，則是腳上所穿的皮鞋，《說文》云：「舞履也。」又如瑱字从玉，重文从耳，當知必是耳上之玉，《說文》云：「以玉充耳也。」

綜上所述，可得一條例如下：凡文字異體皆為形聲字，聲符相同，而形符改異，其形符表意一致者，形符往往互用，其表意不一致者，必可合而見其本誼焉。

## 2. 聲變

魯　滷　㯭　㰚
肊　臆　松　㝉
㑊　㖑　狄　逷

以上三組，形符沒變，而聲符改易，聲符雖有改易，但所表之語言為一，則各組聲符古音當各屬同部。清儒研究古韻部者，或依《詩經》押韻，或據諧聲偏旁歸類，亦有參考重文聲符之變換者，此聲符之變換，當初造字時並非任意變換，有沿用習慣之叚借字來換用的可能，如櫓重文作樐，說明魯與鹵當是習慣性的叚借字。綜上所述，可歸納得一條例：

凡文字異體皆為形聲字，其形符相同而聲符相異者，聲符古必同韻，或可以通轉說之，且聲符間容有叚借字之自然替代關係存焉。

3. 形聲皆變

玭　蠙　謀　㒵

簠　夫　醻　釜

以上四組文字，形符聲符均有改變，依上述條例，某與母，甫與夫與父古音同部，比在十五部、賓在十二部，為陰陽對轉關係，古或同音。以形符論，言與口同表言語為表意一致者，鬲為瓦器，金為銅器，表意雖非一致，然可合而見其全意，蓋釜初為瓦製，後乃有銅製也，簠之从竹从皿，表其質料與用途，匚以表其器為方形，雖非一致，然合而得見本義，《說文》云：「黍稷圜器也。」蓋非，簠實方器。玭之从玉，重文从虫，蓋以蚌蛤類為飾者也，《說文》云：「珠也。」段注云：「玭本是蚌名，以為珠名，韋昭曰：玭，蚌也。」皆與上述條例相合。

## 二、審音

在研讀古書，或從事國文教學的工作，文字的音讀總是應該要知道的；如果遇到的是語言上的問題，則更離不開聲音的關聯。所以訓詁作業必須運用聲韻學的知識，但也並不等同於聲韻學。審定音讀，不是隨便翻查一下字典就能解決的，有幾項重要關鍵必須注意：

## (一)正音

所謂正音，是指此字在中古時代的反切以及現代標準國語注音符號所表示的音值。

中古時代是指隋、唐的《切韻》、《廣韻》等一系列的韻書時代。那時期的韻書比較完整，而音類的發展也已相當齊全，尤其反切注音的方式也非常精確而普遍。如果以這時期的音讀為基準，往上可推到先秦古音，往下可移到《中原音韻》、《洪武正韻》等，也比較容易掌握其音理變化的現象。至於現代標準國語的音讀，字典、辭典中的注音未必全然可信，必要時仍需依據中古反切以及形聲字的聲符來參考鑑定。

## (二)變音

遇到一字而有數種音讀時，可能有以下幾種狀況：

### 1.音隨義轉

某字的本義原是名詞，有時也會被引申用作動詞；如果名詞和動詞的意義同樣地為人所熟知，一字而兩義普遍流行，為了明顯區別起見，有意改變其引申義的音或聲調，也是常有的事。現在有人稱之為破音字，其實一字數音，有的是隨著意義的轉移而產生變化；這種變化原因的說明方式，絕非「破音」二字所能表達的。音隨義轉既是由義有歧異而來，義有歧異之來源有二：

(1)由引申而來，如：長短之長與長者之長、道路之道與引道之道、剛強之強與勉強之強。

(2)由叚借而來，如：罷免之罷與罷弊之罷、但是之但與但裼之但、何如之何與負何之何。

前半所列應是本義，當讀其本音；後半所列均是後來的引申義或叚借義，而音變只變其引申或叚借義的音，其本音始終不變。

## 2.無聲字多音

文字不是一人一時一地所造，而且早期文字的形構又往往是很簡單的圖形，所以常有完全不同的概念或語言，在用形體表示時，因人時地的不同，而各自所造成的文字形體恰好雷同，而且這兩種概念或語言，都寄附在一個形體上被保存了下來，於是就會發生一字而負有兩種或兩種以上不同音義的責任。這種情形一定發生在沒有聲符的象形、指事或會意字中，因為形聲字有聲符，任何人一看就知道大致的音讀如何，不會發生這樣音讀歧異的事，所以這種情形就稱之為無聲字多音。而這種多音的無聲字，後來也有被用作組成形聲字的聲符，於是從聲符系統所孳乳的文字追索下去，也會明顯地出現兩系或多系音讀不同的現象。

### 3. 新生音

這種情況和無聲字多音有點相近，也是由於無聲字不帶聲符，此字音讀不能掌握，而形體又很簡單，於是有人憑自己的想像，賦予此字新的音義，與此字原有的音義截然不同，但卻又都流傳下來，結果也會形成一字在本音以外另有變音的現象。

### 4. 自然音變

語音往往會隨時代的更迭、人口的遷徙等原因而有不斷的變化。如先秦「亡」、「無」同音，「罩」在漢代音「到」等，這些都是屬於口吻之間語音自然演變的情況，可以憑藉音理的分析予以解釋的。

除了上述幾項有關音變現象必須注意的情況外，其他如某段文字的時代、文體、背景，或是否屬於一些特殊用法，如人名、地名等因素，也都應該納入考慮之列。譬如現今國語裡沒有入聲字，可是在近體詩或詞曲等講求平仄的文體中，可能今天唸作平聲的入聲字，在詩詞曲中還是要讀作仄聲字。或者在韻文中用作韻腳的字，讀起來可能就為了必須協韻而有所改變。

## ㈢聲韻知識的運用

訓詁作業中，聲韻知識的運用是相當廣泛的。一年聲韻學課程所學內容雖多，但在訓詁學中只須運用其重要的結論而已。

### 1. 聲類

⑴中古：黃季剛先生四十一聲類。

⑵上古：黃季剛先生古聲十九紐。

### 2. 韻部

⑴中古：《廣韻》二〇六韻。

⑵上古：段玉裁古韻十七部。

章太炎先生二十三部。

黃季剛先生二十八部。

（以段氏為主，章、黃二氏為輔）

3. 通轉

(1)聲轉：章太炎先生「同類雙聲」、「同位雙聲」。

(2)韻通：段玉裁「古合音說」。

章太炎先生「成韵圖」。

4. 運用須知

(1)聲韻知識之運用，其最大之功能僅限於說明，而不能證明。即因僅限說明，故其運用層面反而更為廣泛。

(2)訓詁作業中，常以上古聲韻作為最終之判斷標準，而上古聲韻之蠡測均屬學理之推定，當時實際語言未必具有想像中之規律性，終有參差之處，故凡從事上古聲韻之研究者，其結果往往大同而小異，難有確切之結論，僅能獲得大致之輪廓而已。其分合異同之間，皆各有見地；是以運用之際，對各家之異說，宜採兼容並蓄之態度，求其適用為主。

(3)語音之自然變化，往往聲變大於韻變，是以運用時須知韻之價值高於聲之條件。

# 第五章　訓詁的內容(二)——求本義

這是一般訓詁作業中最普遍的部分。所謂析義，就是經由分析過程，以確定某項詞語文字在使用當時最正確的原義。

## 一、本義

本義當然是指此字初造時的本來意義，本義應該只有一個，這是文字學所追求的終極目的。使用意義卻往往有很多種，但無論什麼樣的使用意義，都必須源出於最初的本義或本音，因此本義的確定是訓詁的重要基礎，何況事實上本義原也包含在使用意義的範圍之內。又作者所想要表達的原意也得稱為本義，這也許更是訓詁作業中重要的工作。實例請參考附錄一的〈春秋三傳「東其畝」解〉一文。

二、引申義（詳見第六章）

三、叚借義（詳見第七章）

四、新生義（詳見第八章）

五、特殊用義（詳見第八章）

# 第六章　訓詁的內容㈢——說引申義

## 一、引申義之變化性質

文字在初造時期，應該只有一個本義。但在後人使用文字表達概念時，往往會由於引申的作用而形成一字多義的現象。因此引申義的形成，實際上都是人為的。而且都是靠聯想力的運用，然後才能發生作用的。既然在發生時是如此，那麼在今天要想對引申義有所瞭解的話，當然也須要靠聯想力的運用才行。

所謂引申，引是推引，申是伸展。推引是推或拉，不論是推或拉，都是在移動其原來的位置，所以這是一種「轉移性」的變化。如果一次又一次地移動，就像驛站似的一站又一站地往前跑，到最後距離原來的起點很遠很遠，到達終點時，未必即刻就能看得出這輛車原先是從哪裡來的。字義經過一再地推或拉的變化，也會跑得很遠很遠，一時不容易找得出是從哪裡來的。必須沿著軌跡一站又一站地追尋，也許能找出其變化的過程，給某一使用意義在來源上有一個合理的交代。

伸展則是延伸或展開，就像水滴落在紙面上，逐漸往四面滲開一樣，範圍越來越大，雖然沒有離開原點，但比原來的面積要大得多。這是一種「擴張性」的變化，字義經過這樣一次又一次的變化之後，最後的使用意義其來源也同樣地不容易瞭解，一樣也要靠痕跡的追溯，才能知道為什麼會有這樣的用法。擴張性的變化是由內向外的，但也有由外向內濃縮式的變化。擴張和濃縮，其實其本質是一樣的，只不過是方向相反而已，似乎沒有分列名目的必要。因此可以把濃縮性的變化，籠統地包括在擴張性的變化之內。因此如就簡單的基本理論來說，引申實際上只包含轉移及擴張兩種變化型態而已。

## ㈠擴張性變化

以「口」字為例：《說文》：「口，人所以言食也。」這說明了三件事，一是說「口」字是依人的嘴巴來造形的，其次是說「口」有兩大功用，第一是「言」，第二是「食」。《說文》對「口」字的解釋非常正確，這的確是口字的本義。但後來有人需要表達犬的長嘴巴，或鳥的尖嘴巴時，不太容易再依類象形另造新字。或許就因言、食的功用相同，當時可能就把表達人所專用的口字，也用來表達犬或鳥等的嘴巴了，如「吠」、「鳴」等字。於是等於是把專屬於人的意義範圍給打開了，在「口」字的使用意義上來說，很明顯地發生了擴張性的變化。

再者，當人們須要表達門或窗的位置時，由於那是可以隨意出入的地方，要另造一個新字不簡單，想到無論是什麼東西的嘴巴，其最大功用都是出言和入食，同樣都是出、入，當時可能就因此而用言和食的出入口，直接來表達門或窗的出入口了。於是等於又把專屬於出「言」入「食」的意義範圍給打開了，在「口」的使用意義上又發生了一次擴張性的變化，也可以稱之為再引申。門口、窗口至少還有四圍密封的形象，如果再引申到路口、港口、海口等意義的使用，再打開四圍密封的限制，則又是一層擴張變化了。這可以用圖解的方式來表示其逐漸演變的過程：

人之口——犬、鳥等之口——門、窗之口——路口、海口等

## (二)轉移性變化

至於轉移性的變化，也試以「口」字的使用意義為例來作說明。口的本義是人之口，人只有一張口，往往部分可以代表全體，就如人只有一隻鼻子，而「自」可以代表自我，所以「口」也可以代表整個人，如稱「五口之家」，這還是屬於擴張變化的現象。但使用「口」來表達「人的數量」多少，如說「我家有

八口人」，在意義上可說是已經在轉移方向了。再由「數量」的意義去聯想，以口來表達「井的數量」，說「這鄉一共有兩口井」，則轉移的距離就越來越遠了。這也可以用圖解的方式來作表示：

人之口——（擴張）——人——（轉移）——人的數量——（轉移）——井的數量——

由上述可知，引申義的變化有轉移和擴張兩種性質，而這兩種性質的變化並不是單一各別地進行，往往是彼此綜合交替地進行變化。因為所有的變化都是經由人的思維聯想而產生的，聯想是可以循線發展，但卻不能限制其發展的方向或路線。

## 二、整理之依據與方法

《經籍纂詁》是一部蒐集歷代經籍訓詁的工具書，一個字在過去曾經有過多少種解釋，多少種用法，這裡大致都收進去了。如果要找尋字義的歷史演變，必須要以這部書作為依據。必要時才考慮其他的參考書，如清阮元以後的比較新的使用意義，當然就需要一些現代的工具書了。

所有字義變化，最先應該都是從本義出發，因此本義的確定是最重要的事。原點如果發生偏差，以後所有循跡追蹤都是錯誤的。本義的確定當然不是一件容易的事，不過原則上仍舊以《說文解字》所載為基本依據，因為這畢竟是一部最早的字書。當然《說文解字》本身難免有錯，如果真的發現錯誤，還是可以利用今日古文字的知識，找出正確的本義。

其次就是要依次來整理引申義的繫聯工作了。所謂依次，是說依其變化的先後次序，也就是說要找出這個字被使用當時，因聯想作用而發生一次又一次的變化軌跡，依序排列出來。所謂繫聯，就是把變化軌跡一程一程地串聯起來。於是對於這個字為什麼會有這樣的解釋及用法，自然得有合理的答案了。

依據《經籍纂詁》所載資料來做整理，不一定都能順利地繫聯起來，因為這裡面一定還有一些其他的成分，如叚借義、新生義、誤解義等等混在裡面，必須先予處理，然後才能單純地從事引申義的繫聯工作。理論上似乎應該是這樣的，但實際工作進行時卻不可能如此。因為那些其他成分未必即刻就能判斷得了，必須先經引申繫聯的整理之後，賸下一些無法繫聯的資料，然後才會發現它們的存在。這些其他資料的處理，不完全在本文討論範圍之內，但也應該予以分類集中，留待日後再說。所以真正的工作，還是要從引申義開始著手。

至於研究整理的方法，應該是很簡單，就是前面所說運用聯想力，找出各條資料彼此之間的關聯性。最先可以做的，就是把具有明顯關聯性的各自併為一組。至於其關聯性究竟是屬於轉移還是擴張的哪一種型態，其實根本無須顧慮。因為分析類型只是理論的說明而已，而且這也畢竟是後人的分析，當時的使用文字者哪有這些概念。經過這樣初步的整理，於是就可以得到很多組，以及可能出現的一些零散的則數。然後先以組為範圍，把該組資料排出大致的次序來。最後集合各組以及可能納入的散則，全部再給繫聯起來，而且順便都給標上次序號碼，賸下的應該就是那些其他資料了。依照次序把整理好的資料串聯排列出來，可能這就是當時字義引申變化的軌跡，雖不敢說是一定如此，但可以說是大致可能如此。

以上所說只是簡單的標準作業程序，不過問題有時不是想像中的那麼簡單。譬如說字義變化的軌跡，不一定是沿著一條直線發展下去的，有可能到了某一站之後，再往下去就分叉了。分叉之後還會再分叉，甚至於還可以分成好幾叉。還有一種情形更需要注意，那就是段借後的再引申。目前說的是所有引申義的繫聯整理，不能因為是在段借之後發生的引申義，就可以置之不理。如甲段借為乙，使用時甲就可以代表乙，而具有乙的使用意義，此之謂段借義。然後此段借義有可能再產生引申變化，這就是所謂的段借後的引申義。既然也是引申義，當然應該在這裡一併處理。於是先前整理時，可能發現的一些無法納入繫聯行列的資料中，有可能原是段借義，但段借義之下卻又跟隨著一些再引申的變化資料，而自成一組。除了跟本義具有任何關聯性的資料全部整理好之後，接著就應該注意到有沒有這種自成一組，組內各條可以相互繫聯的狀況。如果有的話，當然應該以同樣的方法予以處理。不過處理的結果，還是要放在該段借義的領屬之下，以待將來再作適當的排列。譬如「權」字，《說文解字》解釋其本義為「黃花木」，在《經籍纂詁》裡面所載的資料看來，除了《爾雅・釋木》解釋為黃英、〈釋草〉解釋為黃花之外，幾乎沒有哪條可以再與其本義繫聯，全部都是先由「權」段借為「銓」，然後再由銓衡的意義引申出去。這些引申出去的資料，還是要以整理引申義的方法來做繫聯；繫聯之後還是放在原來「銓衡」的意義之下。這就是段借後往往有再引申狀況的例子。這種狀況有時還可能喧賓奪主，甚至比由本義的引申還要多而重要。

除了段借義有再引申的狀況外，其他如新生義、誤解義等的下面，一樣也可能會有再引申狀況的發生。不過比較起來，類似其他狀況的引申並不多見，而段借後的再引申則是往往而有，因此在整理方法的說明中，似乎偏重於段借後的再引申方面。其實段借後的再引申能夠處理，則新生義的再引申、誤解義的再引申等狀況是一樣的，一樣可以處理得很好。

## 三、整理作業之實例

現在從《經籍纂詁》裡面選擇一個資料不多不少的「負」字，來嘗試作一次整理作業。《經籍纂詁》所收「負」字的訓詁資料，以訓詁文字作為分條標準來統計，共有五十六條。每條之下的出處來源可能有很多則，為求簡化書面資料計，許多出處來源，暫時只選擇一則為原則。準此原則錄成卡片，則手中一共有五十六張卡片。把這些卡片攤在桌上，首先得仔細檢查一遍，把一些很容易分辨出與引申無關的資料，如由於版本不同而文字有別的記載（可以稱之為「異文」），還可能有名與字相配或注音的成分等記載，很明顯地都與引申無關，當然可以先抽出來放在旁邊，減少幾張總是好的。

其次找出《說文》的解釋來，考慮其對本義的解釋是否正確：

(1)《說文》：「負，恃也。从人守貝，有所恃也；一曰受貸不償。」

字形的解釋「从人守貝」大概沒問題，但以下的說明卻帶來了困擾。文字的本義應該只有一個才是，而「一曰」之說則表示有另一種解釋。究竟哪一種解釋是對的，大概許慎也不太清楚，因此兩說並存。這個問題確實是不好解決，不過比較之下，似乎「受貸不償」的意義本身就含有一些轉折，不像「恃也」的解釋可以直接和「从人守貝」的解形相容，沒有太多的轉折。因此不妨姑且以「恃也」作為「負」字的本義，來觀察其與其他意義的繫聯情形如何。

(2)負，恃也（《一切經音義・六》引《廣雅》）。

(3)負猶恃也（《周禮・大司馬》「負固不服則侵之」注）。

(4)負亦恃也（《後漢書・竇融傳》「夫負虛交而易強禦，恃遠救而輕勁敵」注）。

上面三則跟本義沒有什麼差別，都是屬於仗恃的意思。處理時可以並列在本義的旁邊，表示這還是本義的使用現象，沒有發生多少變化。由仗恃可以轉變到依靠的意思，如：

(5)負，依也（《左氏・襄公十八年傳》「負其眾庶」注）。
(6)負，背也（《漢書・兩粵傳》「且番禺負山險阻」集注）。
(7)負，背也（《荀子・強國》「負西海而固常山」注）。

「負山險阻」、「負西海」的句法，和《周禮・大司馬》的「負固」其實是一樣的，雖然字面的解釋不同，而依靠的意義應無差別。再由依靠轉變為背靠、背向的意義也很自然。如：

(8)負之言背也（《禮記・明堂位》「天子負斧依」注）。
(9)負，背也，枕也（《史記・蘇秦傳》「負郭田」索隱）。
(10)負謂背也（《漢書・陳平傳》「家迺負郭窮巷」注）。

背靠、背向再引申而為背後，如：

⑾負，後也（《廣雅・釋詁四》）。

⑿邱背有邱為負邱（《爾雅・釋丘》）。

由背後的意義往下引申可以有分叉的現象：一為直指人的肩背，或背上的東西，一為違背相反的意思。茲為行文方便起見，有關違背相反的資料，留在後面再說。現在先看肩背或背上之物的兩則資料：

⒀負，在背上者也（《儀禮・喪服記》「負廣出於適寸」注）。

⒁負繩，背之縫也（《禮記・深衣》「負繩及踝以應直」疏）。

在《儀禮・喪服》中的「負」是指背上的一塊小方布；「負繩」是指喪服上衣下裳在背上的縫線，「縫」是解釋「繩」字的，「背」則是解釋「負」字的，因此這個負字就是直指人的背部。由人背或背上的東西，再引申就可以作為動詞揹負的意思，如：

(15)背曰負（《國語・齊語》「負任擔何」注）。
(16)凡以驢馬橐駝載物者謂之負（《方言・七》）。
(17)負謂置之於背（《禮記・曲禮上》「負劍辟咡詔之」注）。
(18)負，背也，置項背也（《釋名・釋姿容》）。
(19)負，在背上之言也（《釋名・釋車》）。

揹負是說外物置之於背，也可以轉變為外在事物加之於身，如：

(20)負猶被也，以不義被其身（《史記・黥布傳》「天下負之不義之名」索隱）。
(21)負，加也，加於身上，若言被也（《漢書・英布傳》「天下負之以不義之名」集注）。
(22)負俗，謂被世議論也（《漢書・武帝紀》「士或有負俗之累而立功名」注引晉灼）。

《史記・黥布傳》與《漢書・英布傳》說的原是一件事，所云「被其身」就是「加於身上」的意思；而晉灼所說的「被世議論」也是說世人的議論加於其身。所以這幾個負字的用法應該是相同的，三則資料當然可以並列在一起。至於加在背上或加在身上，又可以引申為物重的意思，如：

(23)負，重也（《荀子・宥坐》「百仞之山，任負車登焉」注）。

既有物重之義，自可以引申為衡量輕重「程」的意思，如：

(24)負，程也（《淮南子・兵略》「便國不負兵」注）。

衡量輕重，則可以引申為加倍的意思，如：

(25)負，倍也（《易・解》「負且乘」虞注）。

由重量加倍，引申得有連累、慚愧、憂煩等意義，如：

(26)負，猶累也（《文選・上秦始皇書》「客何負於秦哉」注）。
(27)負，愧也，再言之者，愧之甚（《後漢書・張步傳》「步曰：負負無可言者」注）。
(28)負猶憂也（《後漢書・章帝紀》「刺史二千石不以為負」注）。

(29)負亦憂也（《後漢書・和帝紀》「督察不以發覺為負」注）。

再看由背後之義引申為違背相反意義的另一支路線，則有：

(30)負，違也（《史記・五帝紀》「負命毀族」正義）。

(31)諸侯疾稱負子，負子者，諸侯子民，今不復子之也（《御覽・七三九》引《白虎通》）。

由違背相反之義往下再引申，又可以分為兩支：一是背叛，一是歪曲錯誤。歪曲錯誤之義如：

(32)非而曲者為負（《論衡・物勢》）。

背叛之義則如：

(33)負，背也（《戰國策・秦策》「魏必負之」注）。

由背叛可以引申為失敗的意思，如：

⑶⑷負，敗（《法言・重黎》「自屈君負」注）。

再由失敗引申可以有不能承擔及失去的兩種用法。不能承擔之義如：

⑶⑸負猶不勝也（《禮記・檀弓上》鄭注「為負君命」疏）。

失去之義則如：

⑶⑹負猶失也（《後漢書・馮衍傳》「身死之日，負義於時」注）。

由失去之義可以引申為虧欠的意思，如：

⑶⑺負猶背也（《後漢書・盧芳傳》「不敢遺餘力，負恩貸」注）。

(38)負，欠也（《後漢書・左雄傳》「寬其負算，增其秩祿」注）。
(39)負謂欠負（《後漢書・樊儵傳》「先是河南縣亡失官錢，典負者坐死」注）。

另外還有一些分叉的發展現象，前面為了盡量保持主線的一貫，所以沒有即時插入，以免淆混。「負」有加於背上及加於身上的意義，從另一方向發展，可以引申到抱在懷中的意思；而抱在懷中與擔在肩上，同樣都是加之於身上的引申，所以也就把他們並列在一起好了。如：

(40)負之，謂抱之而鄉前也（《禮記・內則》「三日始負之」注）。
(41)負，抱也（《淮南子・說林》「負子而登墻」注）。
(42)負養，謂負抱以給養公家，亦賤人也（《史記・張儀列傳》「而廝徒負養在其中矣」索隱）。
(43)負者，擔負於物（《易・繫辭傳上》「負也者」疏）。
(44)負謂擔揭也（《論語・鄉黨》「式負版者」皇疏）。
(45)負，擔也（《禮記・曲禮下》「某有負薪之憂」疏）。

以上引申繫聯的資料，連本義在內，一共四十五則。另外有幾種狀況需要特別處理的，如：

(46)負冰云者，言解蟄也（《大戴記・夏小正》「魚陟負冰」傳）。

原文是說到正月間，陽氣開始復甦，躲在水底的魚往上浮游，魚背靠近水面的冰塊，〈傳〉解釋說這時已到了解蟄的時節了，然而〈傳〉文並沒有直接對負冰兩字作解釋。這種解釋的方式，只能看作是闡述類的間接訓詁，不屬於引申的類型。間接訓詁的資料還有四則，一起列在下面：

(47)負薪，賤人也（《後漢書・班固傳》「不逆負薪之議」注）。

(48)負薪，謂賤人也（《後漢書・袁紹傳》注）。

(49)負薪，喻小人也（《後漢書・東平憲王蒼傳》「舉負薪之才」注）。

(50)負也者，小人之事也（《後漢書・明帝紀》注）。

負薪就是擔柴，擔柴的是貧賤之人，以賤人來解釋負薪，這是間接訓詁，對負字而言，並沒有作正面的解釋，自不能歸屬於引申行列。

還有一些無法納入引申繫聯的行列中的，如：

(51)按負是婦人老宿之稱（《史記・陳丞相世家》「戶牖富人有張負」索隱）。
(52)俗謂老大母為阿負（《漢書・高帝紀上》「常從王媼武負貰酒」注引如淳）。
(53)謂老母為負耳（《漢書・高帝紀上》集注）。

這三則很明顯的在前面的引申行列中，任何一站都插不進去，應該可以把他們歸屬於叚借義。很可能負字就是借為母，不過這裡似乎沒有發生再引申的現象，所以暫時可以置之不論，留待以後討論叚借義時再說。

此外還有兩則屬於「異文」的資料，如：

(54)《爾雅・釋蟲》「蟠，鼠負」釋文：「負本作蝜，又作婦。」
(55)《爾雅・釋鳥》「鶅，負雀」釋文：「負，或作鵕。」

這是因為陸德明《經典釋文》所見不同版本裡面，文字有差異的記載，與訓詁不一定有多大的關係，與引申義更是不相干，可以放在旁邊，不去管它。

最後還有一則比較有點問題：

(56)負，留也（《史記・趙世家》「夫有高世之功者，負遺俗之累」正義）。

這是趙武靈王想要胡服騎射以教百姓之前，所說的兩句話。變服騎射的目的是在「已被燕、三胡、秦、韓之邊」，是即所謂高世之功。而原有的衣冠禮儀，是即所謂遺俗，遺就是指前代所遺留的意思，則「負」字解釋為留，就顯得有點奇怪了。按照文意，「負」應該是違背的意思才合適。如果是的話，那麼這次「負」的用法就應該歸屬於前面違背、違失的引申行列之中；而〈正義〉的解釋為留就應該列入誤解義才是。

## 四、結語

從事教學或訓詁工作，必然會遇到引申、叚借等的問題，在判斷或說明的過程中，總不能完全以意為之，必須要有根據，才能讓自己有把握，讓別人相信。譬如最後一則《史記・趙世家》的「負」字依照文意可以解釋為改革、放棄等，但是從前面所有的引申行列來看，負字絕對沒有如此被用過，因此如果一定要說我認為這樣解釋比較好，那就是毫無根據地自說自話，沒有人會相信的。由此可見引申義的整理，對訓詁工作的可信度，是有其決定性價值的。

# 第七章　訓詁的內容㈣——明叚借義

## 一、前言

訓詁學中的叚借，是與文字學中的叚借有所區別，文字學中的叚借，主要是說造字時的一種特殊現象。而訓詁學中的叚借，則是說文字在使用時所產生的叚借現象，所以也可以稱之為運用叚借。

比如說要問「罷」字是那個字的叚借，根本無從回答，必須當它與另一字組合使用後，如「罷弊」被使用組合成詞之後，我們才能考慮說這個「罷」字可能是「疲」字的叚借。又如「昆」字，必須當它組合成「昆弟」或「昆蟲」的成詞之後，才可以說他是「𡦂」或「蚰」的叚借，這就是說，這是當文字在被使用當時所產生的叚借情形，所以可以稱之為運用叚借。

## 二、叚借之成因

段玉裁《說文解字注》有所謂叚借三變說：

大氐假借之始，始於本無其字；及其後也，既有其字矣，而多為假借；又其後也，且至後代訛字亦得自冒為假借，博綜古今，有此三變。（藝文印書館本，頁七六四）

段氏所說似乎只說明了叚借的三種現象，至於成因只說了兩點：一是本無其字，一是後代訛字逐漸變成叚借，所謂既有其字，何以還會多為叚借，段氏並未說清楚，其實這就是雖有本字，但使用者未必都是文字學家，也會有一時不知本字如何寫的情況，結果不知本字和本無其字是一樣的，都需要臨時找一個同音字來代替本字，以記錄語言，於是形成了叚借。另外還有一種原因，那就是為求簡便，求簡便可以用簡體字，或用同音而筆畫較簡單的字來代替，如以現代的叚借字為例，豆腐乾可以寫作豆付干，襯衣大陸上寫作衬衣，以付代腐，以干代乾，以衬代襯，都是為求簡便而形成的叚借字，現代如此，推想古代應該也會有這種為求簡便而形成叚借的情形，不過不容易尋證而已。

## 三、叚借之條件

豆腐乾寫作豆甫甘就不可以，而豆付干就可以，其關鍵則在於現在的人能不能認同接受，通行成為習慣。大家都能接受，通行成為習慣，就是叚借字。否則就還是偶而寫錯的錯別字。又如交代，有人寫作交待，這可能是一個正在形成中的叚借字，國文老師一定認為作待是別字，等到大家都認同，通行成為習慣之後，那也就是現代的叚借字了。

漢儒注經有兩種特殊訓詁用語：一是讀為；一是當為。他們常說某讀為某，此叚借字也；或者說某當為某，字之誤也，前者說的是叚借；而後者則說的是訛誤。其實訛誤有兩種：一是形近之誤；一是音近之誤。有時漢儒會很清楚地分別說明為：某當為某，字之誤也；或是某當為某，音之誤也；字之誤就是錯字；音之誤相當於現在所謂的別字。音之誤的別字和叚借字，同樣都是具有音相近同的關係，然而判斷的結果卻截然不同：一是可以接受的叚借字；一則認定是訛誤。

所謂的叚借字，最初大概是一時不知本字怎麼寫，找個同音字臨時代替一下，後來通行成為習慣，大家也都能接受了，於是就成為叚借字了；而音近之誤的別字則始終未被大家接受，所以永遠還是訛誤，無法成為叚借字。所以這兩者之間，條件是完全相同的，而區別的關鍵就在當時是否已通行成為習慣，及是否能被大家所接受、所承認而已。

漢儒作注所據以判斷叚借或訛誤的，可能就是憑著記憶，印象中以某字代替某字，過去有此習慣，曾為大家所承認，於是就判定為叚借，而注曰某讀為某，如果記憶中無此印象，自然就注曰某當為某，判定為音之誤了。人的記憶並非絕對可靠，所以漢儒的讀為、當為之間也有淆混的地方，唐以後淆混更多，段玉裁曾謂已不能辨。

所謂過去通行成為習慣，已被大家接受的判斷，仍須要有證據的支持，漢儒的證據是憑藉他們的記憶，但前面已說過記憶不盡可信，而且訓詁工作，要求言必有據，然後才能得到大家的信任。

如今找尋證據，可以利用《經籍纂詁》這部書，應該是很可信的，驗證的方向大致可分兩點來說：

## (一)必需條件——聲音檢驗

由上述叚借的四種成因來看，無論任何一種原因，都離不了聲音關係，具備聲音關係者未必即是叚借，而叚借既然是以同音字來記錄語言，則彼此之間必然有音相近同的關係存在，所以聲音關係是重要條件之一。聲音條件的證明很簡單，一般都是利用現代的聲韻知識來測量即可，同音當然是第一等，其次是疊韻，再其次是雙聲，再其次則是聲類或韻部的通轉，能找到的聲音關係，都可以盡量用來說明，又兩者之間如果聲符字根相同得視為古音相同。因為根據凡形聲字往往以其聲符為初文的理論，可以推知聲符相同之字古代語言也相同。

## ㈡滿足條件——文獻證明

### 1.證諸典籍異文

如《詩》有三家、《春秋》有三傳等，一部書有多種傳本，而彼此文字有不同者謂之異文，這些文字所以會有異同者，大概都是由於傳鈔者有人使用叚借字所致，因此這些異文應該是當時通行叚借字的最好證明。又其間如有音近而誤者，經過那麼多年早就被人發現給改正過來了；那麼多年、那麼多人都接受了，應該就是通行的叚借字了。如：

《毛詩・關雎》：「君子好逑。」《韓詩》作「君子好仇。」從未有人說《韓詩》的「仇」字是錯誤，自可見「仇」為「逑」字之叚借。

《書・金縢》：「是有丕子之責于天。」《史記・魯世家》引作「是有負子之責于天。」張守節《正義》云：「負，保育也。」是「丕」為「負」之叚借字。丕字滂母，負字奉母，兩字古音皆屬段氏十七部之第一部，古音可能相同。

### 2. 證諸音義相同

聲音相同，自是必須，而文義相同者，實即二字的用法也相同的意思。又或是該用某字以表某義時，卻往往出現另以某字代替之習慣性，如：

《荀子・非相》：「伊尹之狀而無須麋。」《詩經》中常見「眉壽」一詞，而〈漢北海相景君銘〉中作「麋壽」，是皆以麋代眉，足證麋為眉的叚借字。

《詩經・江漢》：「肇敏戎公。」《後漢書・宋閎傳》引作「肇敏戎功」；《史記・孝武紀》：「申公」《史記・封禪書》作「申功」，前者公是功的叚借，後者功是公的叚借。

《儀禮・喪服傳》：「小工者兄弟之服也。」〈喪服記〉：「大工八升若九升，小工十升若十一升。」工皆功之叚借。

《廣雅・釋詁二》：「恫，痛也。」

《白虎通・喪服》：「恫者，痛也。」是以恫為痛之叚借。

〈漢史晨後碑〉：「桐車馬於瀆上。」《漢書・禮樂志》引作「通車馬於瀆上」，是以桐為通之叚借。

工與公、桐與通古音皆同。桐為梧桐，是一種樹木的名稱，不可能有通或痛的意思，若非叚借，則無法理解。

### 3. 證諸漢唐校記

兩漢儒者注經態度非常嚴謹，對於叚借字通常都用「讀為」或「讀曰」來作說明，此外還有一些校記的文字也值得注意，當他們發現各種鈔本文字彼此有出入者，有時也會特別予以校對記錄下來，如鄭玄注《周禮》，看到以前的鈔本有不同時，就會用「故書某作某」的方式來作記錄；注《儀禮》時就用「古文某作某」或「今文某作某」；注《禮記》時就用「某或作某」的方式來表示，或，即有的意思，也就是說有一種本子某字寫作某，實則等同於前文所說的異文，有可能是鈔者習慣常用的叚借字，也有可能是一時不慎寫的同音錯別字，但如是錯別字，應該早就被人挑出來加以改正了，保留至今的應該就是叚借字的資料了，如：

《周禮・地官・太宰》注：「故書連作聯。」

《周禮・地官・載師》注：「故書廛作壇。」

《儀禮・士昏禮》注：「古文舅作咎。」

《儀禮・士昏禮》注：「今文枋作柄。」

《禮記・曲禮下》注：「幕或作幦。」

唐人所見古人鈔本很多，遇有文字不同者往往也會校記下來，現以《經典釋文》為代表：

《書・君奭・釋文》：「終，馬本作崇。」《文選・陸士衡・樂府詩》注引《國語》賈注：「崇，終也。」是崇為終之叚借。

《禮記・大傳・釋文》：「移，本作施。」

是移為施之叚借。

## 4. 證諸音訓文字

訓詁家常喜歡用同音字來作訓詁，謂之音訓，音訓方式自有其特殊作用，音訓文字相互之間必是同音，而叚借字與本字之間也是具有同音關係，訓詁方式中也有以本字來解釋叚借字的情形，於是音訓文字裡經常會有本字與叚借字的關係隱藏其中，所以要找尋叚借的證明，音訓文字也是一項重要的線索。不過為求保險起見，最好能有兩條以上的證據足以證明是通行的習慣較好。如：

《易・繫辭》：「離，麗也。」

《戰國策・燕策》、《史記・刺客列傳》：「高漸離」；《論衡・書虛篇》作「高漸麗」。

《詩經・小雅・漸漸之石》：「月離於畢。」《論衡・說日篇》、《淮南子・原道篇》注均引作「月麗於畢。」

《易・繫辭》：「晉者進也。」

《說文》：「晉，進也。」

《爾雅・釋詁》：「晉，進也。」

### 5. 證諸聲符之變

《說文》所載重文，其實就是異體字，如本文與重文都是形聲字，而只是聲符有變，兩者的聲符多為叚借關係，如：

《說文》：樐，重文作櫓。《莊子・則陽篇》：「君為政焉勿鹵莽。」鹵莽即魯莽，是鹵與魯古多通用。又今之大滷麵有作大魯麵者亦同。《說文》：麓，重文作䕞，又淥，重文作漉，是鹿與彔常相叚借也。

## 四、餘論

總之，凡云叚借必有驗證可求，求之於文獻資料，以證明這兩個字在過去曾經通用成為習慣，已為當時一般人所接受的叚借字，如無驗證可求，古籍淹沒，也許那些證據正好就在那些亡逸的書裡面，如今已無法找尋，為求態度嚴謹起見，只好一概視為音近之誤，而不認作叚借字，因為同音字太多，真正成為叚借的畢竟有限，不希望把錯別字誤認為叚借，擾亂了典籍的正解，於是只好割愛了。

也曾有人認為意義的關聯也是叚借的條件，叚借的必須條件既是聲音關係，而凡同音往往意義相近，故同音叚借字之間會帶有意義的關聯是很自然的事，但這種意義的關聯，不過是叚借形成之後的自然結果。我們似乎不能倒果為因，也就是說不能認同意義的關聯是形成叚借的原因之一。

文字的創造永遠跟不上語言的發展，當人們需要表達意念、記錄語言，而沒有適當的文字時，就和小朋友作文常會寫別字一樣，往往會以同音的字來代替。當時的人大概可以看得懂，而且久而久之，大家都習慣了，也就自然成為通用的叚借字了。所以叚借字只不過是用以記錄語言聲音的文字符號而已。不論這個語言在事先或事後有沒有本字的創造，叚借字的功能只限於代替聲音，應該與所需表達的意義無關。但就該叚借字而言，其本身應自有其本義，如今既已代替某一語言，而且通行成為習慣，則除其本義外，又兼有該語言所賦予的意義，這就是所謂的叚借義了。因此在理論上，此字的本義和叚借義應該是沒有任何牽涉。如果偶然有某種程度的相近或關聯，那也不過是由於凡同音每有義近的現象而已。所謂的音同而義近，也是有限程度的相近。這種意義相近的現象，應該是由於同音代替牽合之後所產生的「果」，而絕不是形成叚借的「因」。所以有人說音近而借謂之叚借，義近而叚謂之通叚，這便是倒果為因的誤說了。既然叚借義和本義之間通常是沒有關係，在前人的文獻資料裡，如果出現了一些當時熟知的同音叚借字，或者是傳抄時發生的偶然筆誤，出現了一些音同的別字，在表面上都具有音相近同，而意義全然無關的條件，究竟是音同而叚借，還是音同而訛誤，這就必須要以訓詁的作業方式來加以鑑定了。

音同而訛誤是無法鑑定的，程序上必須經過不是叚借的證明，才能決定是音同而訛誤，因此叚借字義的鑑定便是訓詁工作中重要的內容。所謂鑑定倒並不是全憑猜測，而是有科學的方法和合理的論證。簡單地說，鑑定其是否即是某字的叚借，有兩個條件，即：

### 1. 必需條件

即聲音關係的說明。說明兩者之間確實有聲音的關係，並不能就此肯定是叚借關係，因為也可能是音相近同的訛誤。所以聲音只是一種必需的條件而已。

### 2. 滿足條件

即過去曾經通用，得到普遍公認的驗證。也就是在文獻資料中找到不止一次以此代彼的證明，那就足以肯定當時確實具有公開的習慣性，才足以滿足鑑定的要求，故謂之滿足條件。

# 第八章　訓詁的內容㈤——相對異辭之辨析及其他

## 一、析義

### ㈠相對異辭的辨析

文字學「六書」中有所謂的「轉注」，轉注的定義，向來是眾說紛紜，莫衷一是。許慎《說文解字・敘》解釋為「建類一首，同意相授」，畢竟這是最早的一家說法，後世諸說大致都由此衍生而出，不過解釋過於模糊，導致臆測多方。盡在這八個字裡打轉，也轉不出什麼正解來。比較眾說之後，我認為章太炎先生之說最得其旨。其〈轉注叚借說〉云：「蓋字者孳乳而寖多，字之未造，語言先之矣，以文字代語言，各循其聲，方語有殊，名義一也。其音或雙聲相轉，疊韵相池，則為更制一字，此所謂轉注也。……何謂建首，類謂聲類，以聲韵為類。首者為所謂語基。是故明轉注者，經以同訓，緯以聲音，而不緯以部居形體，類謂聲類，不謂五百四十部也。首謂聲首，不謂凡某之屬皆从某也。」（《國故論衡》）

林師景伊先生曰：「六書之說，總以戴氏四體二用之說為是；轉注乃通統一異時異地，形異音異，而義同之字以作者，故轉注假借同為字之用也。戴、段為廣義之轉注，餘杭章先生為狹義之轉注，二者俱不可非之，惟餘杭取例尤嚴耳。」

按林師所云：「通統一異時異地，形異而義同之字」一語實為轉注之確解。章氏既謂「首為語基」，「類謂聲類」，則音固不可異也。既得林師之言，後復從戴靜山先生請益，終得貫通焉，爰述其義如次：

章太炎先生曰：「字之未造，語言先之矣。」要表某一意義，所用的某種語言，相沿既久，後世也不會有太大改變的，這就是語言的基本形態，也就是所謂的語基。但依據語言造字，卻是世代人人都有自由。譬如某一語言代表某一意義，在殷商時候，有人畫成○，到周代卻有人畫成了□，到漢代又有人寫成了◎，到唐代又有人寫成了△，形狀雖然不一樣，但所表達的語言和意義則是完全相同。許慎知道，於是就把它們都列入重文，也就是說認為全是一個字的不同寫法而已。有些許慎沒認出來的，被收進《說文解字》之後，壓成平面，各依其字形結構分別歸入不同的部首裡去，以致後人更難發現其彼此間的淵源關係。現在只有憑藉其原始的音義條件來作鑑定：如果兩個形體不同的字，而音義完全密合者就可以謂之互為轉注。所以稱為轉注者，誠如段玉裁所說：「注者灌也，如諸水相為灌注，交輸互受也。」（藝文版《說文解字注》頁七五三，「五日轉注」下段注），音義密合等於水的重量質量全同，形體不同等於不同時代所注入的器皿方圓有異而已，無論其形體如何不同，裡面所盛的水的重量和質量卻是完全相同的，也無論如何地交相灌注，你倒給我，或我倒給他，結果都能互相滿足，因此稱之為轉注。不妨再舉個比較明顯的例子來說：「無」的觀念應該是早就有了，《說文》裡收有憮字，但這個字不常用，後來就借沒入水中的沒字來代替，現在廣東人就造了個冇字，臺灣造了個嘸字，這些字雖然字形都彼此不同，但音義則全同，應該都是互為轉注。段玉裁云：「轉注猶言互訓也。」（同前）他只見到轉注字音義全同，可以相互灌注的特性而云然，卻忽略了互訓文字往往並非轉注，硬把兩件不相干的事牽扯為一。又如《論語・鄉黨》：「色勃如也」，說文𣎵部引作「色孛如也」、色部引作「色艴如也」。段氏亦云：「蓋必有古魯齊之別在其間矣。」（藝文版《說文解字注》頁四三六）其間有古論、魯論、齊論之別者，實則就是異時異地，方言有殊之謂，也就是音義全同，而形體不同的轉注字。又如《說文》行部有⿲彳戔亍字「迹也，从行戔聲。」才線切十四部，段注云：「此與彳部⿰彳戔字音義同。」彳部⿰彳戔字下云：「迹也，从彳戔聲。」慈衍切十四部，段注云：「豳風籩豆有踐，箋云踐、行列貌。按踐同⿰彳戔，因云行列貌。」足部有踐字云：「履也，从足戔聲。」慈衍切十四部。三字古音皆在十四部，又行、彳、足同為表行動的意符，自可謂之音義全同之轉注字也。然則音義全同而形體有異者，始得謂之轉注字。亦即語基本同，其有異時異地異人而造字者也。

然而中國文字相沿既久，變化繁多，自今視之，有出自同一語基，而實未必皆屬轉注者。如鳥和隹字，《說文》說鳥是長尾，隹是鳥之短尾者，其實就字之形體看來，鳥和隹都畫的是靜止在枝頭的鳥，意義應無差別，一為都了切，一為職追切，古聲同屬端紐，聲音也應有相當的關係。何況鳥部字中重文从隹者頗多，隹部重文从鳥者亦不少。所以說鳥與隹兩字互為轉注當無問題。但初民生活漸繁之後，靜態的隹不能滿足人們思想語言的使用需求，當人要表示動態或飛行的鳥時，很可能就現有的隹的語言稍加變化就成了，由職追切變為甫微切的飛字，古音都在第十五部。再由甫微切十五部變為息遺切十五部剛起飛「鳥張毛羽自奮奞也」的奞字，再變而為飛得很快的卂，息晉切十二部，十五與十二部是陰陽對轉的關係，古音可能相同。再由鳥的翅膀兩邊分背之義變為非（韋也）甫微切十五部，鳥隹奞飛卂非等字無一不是鳥形，而且都有聲音關係，很明顯是出於同一語基，然而卻不能說它們都是轉注字。只有鳥和隹的確是音義完全密合的轉注字。至如飛和隹雖然都是鳥，但一動一靜，卻是一個完整意義的分化，意義既有分化，為了區別起見，由隹的語言稍微變化一點就成了飛了，因此飛與隹雖是同一語基，卻不能算是轉注字，應該說是一義的分化字，章太炎先生《文始．序》曰：「音義相讎，謂之變易；義自音衍，謂之孳乳。」所謂變易，就是轉注；而所謂孳乳，即是分化。但義自音衍，是自後世現象來說的，若自發生當時言之，則是先有意義的分化，而後才有語音的轉變的。向來都是音隨義轉的；所謂義自音衍，似乎不大可能。

音如相同或是相近，意義相距總不會太遠。但如果是無聲音關係，也就是語根並不相同，則意義一定會有相當的差距。

一般的同義詞，往往會合在一起用作連綿詞，如「言語」、「紛亂」、「研究」、「吉祥」等，意義上似乎彼此差不多，合在一起意味比較強一些而已。但有時也會有細加辨析的必要，譬如《論語・鄉黨》：「食不語，寢不言」，言語二字就其相同者而言，都可以解釋為說話，套到原句上就成了「吃飯時不說話，就寢時也不說話」，雖然也不能算是錯誤，但總覺似乎泯滅了其間的差異。兩者語根不同，意義必有差距，《說文》：「直言曰言，論難曰語。」可見這兩字的差異關鍵就在「一個人」和「兩個人」，原句依此而解釋為「吃飯時不要互相討論，就寢時不要自言自語」，總比剛才的解釋要貼切得多。所以在訓詁析義的作業中，對這些義相近同的詞彙，尤其要作徹底而精密的分析，必須辨其異同，審其意界，同時還要說明其所以混同的原因。

太炎先生的《文始》就是根據語基關係找出許多音義相近的字羅列在一起，其間有的是轉注變易，有的則是分化孳乳，如：

匕，變也，从到人。

化，教行，从人化聲。

囮，譯也，从口化聲。

魤，鬼變也，从鬼化聲。

貨，財也，从貝化聲。

貽，資也，从貝為聲。

後二字為同義之轉注，前五字則係由變化之義分化出來的分化字。故轉注字須看其間之共同義，共同義必須密合，其間所容雜質不多，如資財、共同義密合無間。分化字則端視其是否可以歸屬於某一統一完整意義之內，雖有雜質，雜質可由所附之形符加以辨認或解釋，如人變、鬼變、語言之變、教化之變，雖有人、鬼、語言、教化之不同，但統屬於變化意義之內。

大致言之，辨析之方法有二：

### 1. 從相對的意義方向去辨析

如：

《公羊・隱公元年傳》：「車馬曰賵，貨財曰賻，衣被曰襚。」

賵，芳仲切，三部。

賻，音附，五部。

襚，音遂，十五部。

三字聲韻俱異，當非同一語基，其義應是各別。賵字若是偏旁从車或从馬，則車馬之義更為明顯，今偏旁从貝，則與貨財曰賻之義相混，襚字从衣，衣被之義是也。

### 2. 從相對的身分立場去辨析

如：

《公羊・隱公三年傳》：「曷為或言崩，或言薨？天子曰崩，諸侯曰薨，大夫曰卒，士曰不祿。」

雖然這是針對《春秋》用字不同的詮釋，然而這些字都表示死的意義，從語基上來看，應該是有差別的：崩、薨兩字都屬第九部，卒、死兩字同屬十五部，這絕非偶然巧合，天子、諸侯都是居於領導地位者，大夫、庶人則都是被領導者，其身分地位不同，因此相對的用字也就不同了。

### 3.從相對的程度上去辨析

如：

《詩經・野有蔓草》：「邂逅相遇。」

《毛傳》云：「邂逅，不期而會。」

邂逅相遇句能解釋為不期而會地相遇在一起嗎？

《穀梁・隱公八年傳》：「不期而會曰遇。」

按：《說文》：「遘，遇也。」

《說文》：「遇，逢也。」

《說文》：「逢，遇也。」

遇、遘兩字同在古音第四部，可謂音義密合的轉注字，逢字在九部應該與遇遘有所不同，《楚辭・天問》「逢彼白雉」注：「逢，迎也。」是逢有迎而相遇之義，遇在甲骨文中象兩魚水中相遇之形，故其語基當从魚字而來，魚之相遇實屬不期而遇者也，然而卻是遇而即散。又《詩經・綢繆》「見此邂遘。」傳：「邂遘，解脫之貌。」釋文引《韓詩》曰：「邂遘，不固之貌。」是邂遘雖有遇義，然而遇而即散，未必有會合之義，則《詩經》「邂遘相遇」句，不得說為「不期而會地遇到一起了」，當解釋為「偶然遭遇而會合了一會兒」，如此辨析之後，意義比較正確而且沒有偏失。

常會遇到相對情況而用辭不同時，就須要經過辨析來確認其辭義之區別，這也是訓詁的重要工作。

## ㈡新生義

前面曾談到新生音，是指早期形體簡單的無聲字，後人就其形體賦予新的想像，新的音和新的義。如《說文》解釋字形常有兩說，彼此音義也都不同，可能就是這類新生音義的情況。又如《說文》對某字已有其形音義的解釋，然而甲骨卜辭中也有此字，而卜辭的用法完全不同，則《說文》的解釋很可能就是新生的音義。如：

《說文》：「隻，鳥一枚也。」

甲骨文中「隻」字屢見，卻從無鳥一枚之義，甲文之「隻」絕大部分都作「獲」用，由知獲乃其本義，鳥一枚為其新生義。

### (三)特殊用義

所謂特殊，有兩種情況：

(1)字還是那些字，沒有任何不同，但到了某段時間，或某種文體以內，會突然呈現某種特殊的含義，既非本義的引申，也不是叚借的運用，無法查證此義的由來，只好稱之為特殊用義。

(2)由於戰爭變亂、國際的來往，或民族的遷移，原有的語言中往往會平添了許多外來的語彙，當時只是為了記錄聲音，隨便用些同音的文字記了下來。久而久之，大家也都熟悉了，於是這些文字等於是又加添了一些特殊任務。雖然這也算是叚借，但卻是沒來由的特殊叚借。因為這些特殊意義雖可瞭解，但卻無法說明其叚借的本字是誰。

上述無論是那一種性質的詞義，既不像漸變的引申義有其脈絡可尋，可以循線說明其演變的歷程；也不像突變的叚借義有其一定法則，可以多方尋求驗證；所以只能列為特殊的使用意義。通常都是採用統計歸納的方法，找出其特殊使用的時代及範圍限制，與使用意義的確定。

# 二、其他

## (一)說事

除了針對詞語文字的使用，在音義方面必須作完整而有條理的說明外，對於事物的原委真象加以清晰的說明，也是訓詁的內容。如說明物體的狀貌、顏色、大小、輕重、特性、質地等，或陳述事情的先後過程、發生的時間、主要的對象等，也都是訓詁之內容。這些工作有的很簡單，有的也相當的麻煩。麻煩在於能否正確地把握住準確度，而且能以最精當的方式來作詮釋。

譬如有關歷代的禮制、官爵、職掌等這類的問題，很難以最簡單的方式介紹給現代人，或讓這些人能一目了然。因為凡是更朝換代，習慣上不免要除舊佈新，於是在制度的內容或名稱上，往往有所改動。如果是內容更動而名稱不改者，那就必須要依照史志的記載，加以整體的說明。

譬如唐、宋都有御史，但職權範圍差異甚大。如果內容一樣，而名稱變換，看起來簡單，實際上這種異名而共實的情形，既繁多且又瑣碎；而且異名之間往往沒有任何牽繫，當時只是為了除舊佈新，可能是說改就改，沒有什麼道理好講。譬如年代的「年」，堯舜時稱「載」，禹時稱「歲」，殷商稱「祀」，周謂之「年」，今天我們能夠說明的只不過是時代不同而已，不可能從語言或意義方面來合理的探討。再加上如果遇到某些制度的內容名稱都有部分的沿革改易，說明起來格外困難，但有時又不得不予以說明，所以說事也是訓詁內容中相當重要的一部分。

## (二) 闡理

有時會遇上一些字面上很簡單，但內涵深刻而豐富的文字，那就必要運用種種不同的方法，來闡發其深刻的義理，或豐富的內涵，務期能使後人經由我們的訓詁，真正清晰地瞭解前人的思想和用意。譬如《論語》的文字大部分都很簡約平實，如果只憑普通的注解，每個單字也許都懂得，串聯之後，所得可能只是皮層的認識而已。必須再經詳審精深的闡述，才能使孔子對人生的體驗、高超的理想、個人的行為等各方面的指示，獲得深刻的瞭解。即使是相當語體化的《朱子語錄》，也一樣需要深入淺出的闡釋，才能瞭解其義理的精華。因此闡理也是訓詁的重要內容。

## (三) 辨詞

通常在使用文字時，會發現同一概念可以有很多不同的詞語可供使用，這就是所謂的一義多詞或同義詞。在行文時，這種同義詞愈多，當然感到愈是方便，但有時也會感到不知究竟選擇那一詞語最為適當。其原因還是由於我們對這些詞語的含義並非真正地瞭解，只是感覺上好像差不多，然而這些所謂的同義詞之間，實際上往往還是會存在著某些差異的。所以有人曾說，可供自由使用的語彙多得很，但真正適合需要，能夠完美表達的應該只有一個。既然如此，則無論是自己行文，或讀前人文章，對這些同義詞間的差異性，即令是非常微細，也應隨時予以留心才是。

首先應該考慮的是這些詞語之間的聲音關係，結果是兩個：有聲音關係和無聲音關係。如果具有聲音關係，可以看作是語根相同的轉注字、孳乳字或分化字。在意義上可能密合與否，這些都是訓詁內容中，決疑定業的重要項目。

以上所列，不過略舉幾種比較常見的使用意義的分析來作說明，其實使用意義的分析當不止此。

## (四) 翻譯

閱讀古書，文言的表達方式，和白話文差距甚大，如果能有語體的翻譯，那就方便多了。不過翻譯的工作也不簡單，不僅字詞都能懂，都能翻譯得很正確，有時還要能注意到情意、韻味的表達，所以翻譯是訓詁工作的整體綜合的表現。

# 第九章　訓詁的方式

黃季剛先生曾講過〈訓詁述略〉（刊載於《制言》半月刊第七期），其中說到訓詁的方式有三：一是互訓，二是義界，三是推因。這是大體原則性的說明。

## 一、互訓

黃先生曰：「凡一意可以種種不同之聲音表現之，故一意可造多字。即此同意之字互相為訓，謂之互訓。如《說文》：『元，始也』之類是。」

就形式而言，這是以單字解釋單字的一種訓詁方式。從理論上來說，人人都有用語言來表達意念的自由，所以同一意念，自可以有各種不同的聲音表現。如表達痛楚的感受，誰也無法統一規定必須如何地喊叫。但在各種不同的喊痛聲中，總會有一種聲音比較容易傳遞意念，或者具有幫助表示某種意念的功能，於是在人們的經驗作用下，自然就會有逐漸集中於這種語言聲音的傾向。到了必須使用文字來保留語言聲音時，所使用的文字符號當然也無法限定一種，無論是代表各種不同聲音，或代表集中某種聲音，所使用的文字都會有各種各樣的形態，這應該是非常正常而合理的。不過如果著眼於聲音集中的特點，予以整理歸納的結果，獲得凡同音多同義的規律，確實有助於訓詁工作的開展。但就普遍存在的現象來說，「一意可以種種不同之聲音表現之」，凡同意者不必同音之說也是非常正確的。故一意可造多字，意相近同，而有音相近同者，也有音不相近同者。這些字既然意相近同，當然在有需要時，就可以相互解釋了，此之謂互訓。

這裡所謂互訓的含義還是比較廣泛，只是很單純地指以某字解某字而已。並非等同於相互為訓的雙向訓詁。雙向的訓詁，如《說文》「玩，弄也」和「弄，玩也」，「蹲，居也」和「居，蹲也」，「改，更也」和「更，改也」之類，即「A←→B」和「B←→A」的形式。也不等同於語根相同，意義也完全密合的轉注字，如「顛，頂」、「孛，艴」之類，即「A=B」的形式。而此處所謂的互訓，只是以意相近同的另一字來解釋此字而已。如以圖解方式來作說明，猶如兩個圓圈錯疊在一起，有部分重疊，也有部分錯開。重疊的表示相同，錯開的就是不同。就其相同的部分來看，當然似乎差不多，而A字難懂，B字易曉，於是以B訓A，即「A←B」的形式。但就其不同部分而言，如元象人頭，始為人之初始，都有始的意義，而取象於人頭和取象於始胎，畢竟還是有所不同。也就是說無須考慮其語根的相同與否，只要有部分意義相同，就可以「始」解「元」，甚至如《爾雅・釋詁》所云：「初，哉，首，基，肇，祖，元，胎，俶，落，權輿，始也」，許多字詞都可以用一個「始」字來解釋，更甚而這許多字詞既然都有「始」義，也就可以彼此相互解釋了，這就是黃先生所謂的互訓理論。

## 二、義界

黃先生曰：「綴字為句，綴句為章，字句章三者，其實質相等。蓋未有一字而不含一句之義，一句而不含一章之義者也。凡以一句解一字之義者，即謂之義界。如《說文》：『吏，治人者也』之類是。」就形式而言，這是以一串文字來解釋一個單字的訓詁方式。從理論上來說，以單字訓單字，字義的解釋很難求其滿足，往往需要一句或很多字才能說得清楚。同樣道理，一句話也可能需要一段文字，一篇文章，甚至寫成一本書，才能說得透徹。因此凡是用很多字來解釋其意義內涵者，黃先生即謂之義界。黃先生所謂的義界，是代表傳統訓詁的概念，和現代新興的語意學中所用的義界一詞，字面雖然一樣，而要求的尺度卻有寬嚴之別。傳統訓詁中，「吏」可以解釋為「治人者也」，一般人也都能瞭解，但在語意學裡，至少要解釋為「官以下，庶民之上，在官府服務以治人者也。」

## 三、推因

黃先生曰：「凡字不但求其義訓，且推其字義得聲之由來，謂之推因。如《說文》：『天，顛也』之類是。」

就形式而言，這是用音義俱相近同的文字來作解釋的一種方式。從理論上來說，凡語根相同的文字，其意義往往相當接近，所以前人曾經歸納而得「凡同音多同義」之說。既然如此，當然也可以反過來說，凡是意義相近或相同的文字，其語言聲音也會往往近同。這就是前文「互訓」條下所說的，在人們的經驗作用下，某一意念的表達，自然會有漸集中於某種語言的傾向，因為這種語言具有容易傳遞的特性，或具有幫助表示的功能。因此前人為典籍作注，取用意義相近的某字去解釋某字，這兩字之間往往很自然地會帶有聲音的關係，這就是同義也多同音的現象。

起先應該是不經意的，但漸漸有人發現這種現象，而且也會考慮這種現象發生的原因，當會想到這是語言根源相同所致。同時人們對於事物的解說，大致都不外三種方式：一是說明，二是形容，三則是比況，如「粉筆」是說粉做的筆，如此說明，大概沒人會不懂了，最多再加一點形容說是「白粉筆」。又如「番茄」，番是在說明，說明這是由番地引進的茄則是比況，像茄子的形狀，臺灣所見茄子是長形的，但大陸北方則有像小炸彈似橢圓形的。起初可能就稱它為「番地進口像茄子的那種蔬果」，後來簡化而稱為「番茄」，又如番茄在北京人稱為「西紅柿」，西是說明此物由西方來的，紅是形容它的顏色，柿是比況，像柿子那樣的蔬果，就叫做西紅柿，則說明、形容、比況三者都有了，別人自會懂，這就是所謂的萬物得名，必有其故；其故或許有不少是和語根有關，所以才會有用同義字去注解時，而發生聲音居然也相近同的事實。於是嘗試著有意地取用音義都相近同的字去作注解，試探著找尋此字而帶有此音義者，是否就是由那個音義近同的字衍生而來的原由。於是用「顛」來解釋「天」，用「歸」來解釋「鬼」，用「祥」來解釋「羊」，用「武」來解釋「馬」，形成了一種非常特殊而且奇怪的訓詁方式。其用意在於表示「天」最初的語言可能就由「顛」而來的。開始有天的意識，但無以名之，有需要表示的時候，就指言在頭頂之上的那個東西，久而久之，就會習慣於用「顛（頂）」來稱謂它，造成文字就是「天」了。「馬」是一種動物，無以名之，提到這動物時，可能會以威武的狀貌來形容它，說是那個威武的動物，久而久之，就會以形容它的語言來稱謂它，就稱之為「武」，造成文字就是「馬」了。這種有意取用音義近同的字來作解釋，而含有探測其語言來由的特殊訓詁方式，即謂之「推因」。形式上是以某一特定的文字來作訓詁，倒並不限於非用單字不可。如《說文》：「神，天神，引出萬物者也」，「祇，地祇，提出萬物者也」之類，「引」字、「提」字，很明顯就是特意安排以為推因的文字。「吏，治人者也」的「治」字也是一樣，不過不太明顯而已。

黃季剛先生所說的這三種方式，是從大體著眼，原則性的說明。如果根據前人的訓詁成績，及已有的各家論述，歸納整理，細密地予以分類，訓詁的方式應該有幾十項之多。茲擇其比較重要，以及不加說明不容易瞭解的項目略述如左。

# 四、形訓

義存於形，視而可識，故依字形而說字義。

早期的文字，造形簡單，即使相配組合，也極容易瞭解，只要依照字形的結構，就可以說明其字義為何。最早的象形文不用說，即以稍後的「屾，二山也」，「皕，二百也」等，就是依形說義，所以《說文》不須再解字形曰：「从二山」、「从二百」了，段注所謂「即形為義」是也。

典籍所見，也有不少這類形訓方式的資料，如：

△《左氏・宣公十二年傳》：「楚莊王曰：於文止戈為武。」

△《左氏・宣公十五年傳》：「伯宗曰：故文反正為乏。」

△《左氏・昭公元年傳》：「醫和曰：於文皿蟲為蠱。」

△《韓非子·五蠹篇》：「古者倉頡之作書也，自環者謂之厶，背厶者謂之公。」

楚莊王、伯宗、醫和都不是文字專家，但都懂得依形說義，可見形訓之源出於甚古。後來所造文字，組合之間未必都能如此簡單直接，可能需要多一點轉折，添加一點意會才能瞭解。如「靦，面見人也，从面見，見亦聲」，只說「面見」，字義不能那麼明確傳遞；甚至如「面見人也」的添加文字，還是不容易瞭解，必待段注：「謂但有面相對，自覺可憎也」的轉折說明，才算能會得其意。到了這個程度，單純而直接的形訓方式當然便不管用，自然就會被逐漸淘汰而不見了。但就訓詁的歷史演進來說，不能否認其實際存在，更不能抹除文獻中所保留的陳跡。

## 五、音訓

同義相訓，每或同音；後乃有意專取音相近同之字為訓，藉以推因探源；其後蔚成風尚，習於以同音字解義，而未必有推因之用，是為音訓。

音訓可以分為三個時期來說，首先是以同義字來注釋，由於義同往往音近，於是無意之間彼此帶有聲音關係，這大約是在先秦時代。其次是兩漢時人發現這種解義往往有音近的現象，於是有意地專門取用音相近同的同義字來作訓詁，而形成推因探源的特殊訓詁方式。這時期的代表作，一是《說文》，二是《釋名》。其後魏晉以下，逐漸成為風氣，大家都習慣於取用音近的同義字作訓，但未必都含有推因的作用了。這三段時期都有音訓的成績，但真正賦予推因探源的價值者，只有兩漢。

## 六、義訓

此訓詁之常法，通異言，辨名物，前人所以詔後，後人所以識古，胥賴乎是。類例惟繁，要以析言解物為歸。茲舉其重要者，略述如左。

### 1. 同字為訓

早期的訓詁資料中，常有解釋者與被解釋者完全相同，根本就是同一個字，解釋跟沒有解釋一樣。如：

△《易・序卦傳》：「蒙者蒙也。」「比者比也。」「剝者剝也。」

△《孟子・滕文公上》：「徹者徹也。」

△《詩・大序》：「風，風也，教也；風以動之，教以化之。」

這種訓詁方式看起來的確很奇怪，但這種情形還不算少，又不能認為是沒有道理。所以只能說後人不瞭解其道理何在，於是認為奇怪；瞭解其原因之後，當不致再以為怪了。〈夏小正〉「三月，拂桐芭」，傳曰：「拂也者拂也。」也是這類的同字為訓。清顧鳳藻《夏小正經傳集解》：「拂猶發也，言發葉也。蓋當時易曉語。」雖然並未說明以「拂」解「拂」的道理，但「當時易曉語」一句，倒是非常重要的關鍵。透徹說明其道理的是宋書升的《夏小正釋義》：「拂重拂者，蓋古人於其文之無深曲者，即還其字之常意解之。……拂其拂動之意，桐花輕而翩反之意也。」所謂「其文之無深曲者」的判斷，一定經過以為其文相當深曲的考慮，而後發現原來並「無深曲」，才有這樣的判斷結果。根據這樣的思考過程及判斷，才用這種特殊的同字為訓的方式來作解釋。如《易・序卦傳》的「蒙」字，被用作卦名，《孟子・滕文公》的「徹」字被用作稅法，《詩・大序》的「風」字被用作風雅頌之風，無論是卦名、稅法名，或詩體之名，想像中往往都會以為其文可能相當深曲，含義一定不簡單。作注解的人經過這樣的考慮之後，最後發現此字雖然是用法特殊，但其取義，還是和平時大家所熟悉的意義一樣，即「當時易曉語」，並無如何的「深曲」。為了表示「還其字之本意」，故意仍用原來的字來作注解，於是形成了這樣的特殊訓詁方式。如果用現代語言來作翻譯，「風，風也」應該譯為：「風雅頌的風字，雖然是用作詩體之名，看起來好像艱深難懂，其實還是平常最熟悉的風雨之風的意思。」這樣自然就把這種特殊方式的用意說清楚了，因此也就和下文「風以化之」可以聯繫起來。當然，這種訓詁方式自有其缺點。譬如「比」字，平時熟悉的意義有排比、比較、每每等，至少已有三種以上，即使已經知道同字為訓的特殊作用，還是不知道「比，比也」究竟取用的是什麼意思。如果能多加一個字的解釋說是「比，比附」，我們自都懂得原來是「親附」的意思，意義有了定向，也省得後人瞎猜。「蒙」解釋為「蒙昧」，「徹」解釋為「徹法」，畢竟要清楚得多。因此後來增字為訓的方式多了，這種同字為訓自會遭到淘汰了。

## 2. 互相為訓

這種方式如果公式化，就是「A←→B」或「A=B」、「B=A」，是一種雙向式的訓詁方式，以表示兩字意義無大差異。如《說文》：「但，裼也」和「裼，但也」；「垣，牆也」和「牆，垣也」。又如《爾雅．釋宮》：「宮謂之室，室謂之宮。」都是互相為訓的例子。

## 3. 遞相為訓

這種方式如果公式化，就是「A=B, B=C, C=D...」。先是用B解A，還是難懂，再用C解B，還是難懂，再用D解C，這樣一直解釋下去，直到解釋的文字容易為人所接受為止。如《說文》：「禎，祥也。」「祥，福也。」「福，備也。」又如《尚書大傳》：「征伐必因蒐狩以閑之，閑之者何？貫之。貫之者何？習之。」以貫（慣）解閑（嫻），再以習解貫，這樣的解釋，內容豐富，答案清楚，應該算是相當有用的一種訓詁方式。

## 4. 相反為訓

從事訓詁工作者，大概都知道所謂的「相反為訓」一辭，因為過去的訓詁成績中，確實有一字而訓義相反的事實，甚至還有人正式地提出有關相反為訓的言論，雖然是語焉不詳，但畢竟是屬於實際存在的正面意見。直到近代談到訓詁問題時，開始有人表示無法接受，進而直接反對所謂相反為訓觀念的存在，甚至對這類言論予以檢討或駁斥❶。截至目前為止，看來好像是反對者的聲音較大，而且都有理論、有例證。但認真說來，卻似乎是沒有聲音者居多。這些人大半是抱持著觀望的態度，既不承認，也不否認。也許是因為這在過去不成問題的問題，一旦搬上檯面，一時不知該如何表明態度。另外一些人在自己有關訓詁的著作中，談到義訓的方式時，不能免俗地大都備此「反訓」一格，簡單幾句說明一下就行了❷。因此如果以既不反對即不否認的標準來計票的話，應該還是不否認的票數要多些。不過這些人也

❶ 齊佩瑢《訓詁學概論》第三章第十一節，廣文書局；龍宇純〈論反訓〉，華國第五期；胡楚生《訓詁學大綱》第五章第五節「附論所謂反訓」等文，蘭臺書局，皆主反訓觀念不能成立。

僅止於不便否認而已，卻很少有挺身而出，為肯定反訓說幾句話的❸。

照此情形看來，不承認反訓者有理論、有辯駁；不否認者或是沒有意見，或是只知轉述傳統既有的事實，於是在檯面上幾乎形成一面倒的情勢。這就像一場會議中討論議案時，少數發表意見者都持反對立場，議案很可能會遭到冤枉的否決。但如果必須經過投票程序來作最後的裁決時，有人投反對票，而

❷黃季剛先生《文字聲韻訓詁筆記》二三九頁有「相反為義」，木鐸出版社；何仲英《訓詁學引論》第二章第二節中有「相反為訓法」，臺灣商務印書館；周大璞《訓詁學要略》第五節中有「反義相訓」，一九八〇年湖北人民出版社；楊端志《訓詁學》第五章第十九節中有「反訓」，一九八五年山東文藝出版社；張永吉《訓詁學簡論》第四章第一節中有「反訓」，一九八五年華中工學院出版社；郭在貽《訓詁學》第四章第五節中有「反訓」，一九八六年湖南人民出版社；黃建中《訓詁學教程》第五章第三節有「反義詞為訓」，一九八八年荊楚書社；在以上各家的專著裡，都提到反訓這一項，大概都是簡單地處理方式，略舉幾個例子而已。至少這幾位學者的觀點，倒是一致的並不反對，或並不否認其事實。

❸章太炎先生《小學答問》云：「誼相對相反者，亦多從一聲而變。」等於是肯定義有相對相反者，然而似乎是重在列舉一聲而變的例證，理論的闡述比較少（世界書局章氏叢書）。又林景伊先生《訓詁學概要》第六章第二節中有「相反為訓例」，討論到反訓的起因，歸納眾說得有四點，雖然最後說是「可以同時成立」，然而所說的四點原因：一是由引申而來，二是由叚借而來，三是由音轉而來，四是由語變而來；除音轉一項屬於正面肯定的意見外，餘三項也都可以作為否認反訓的最佳理由（正中書局）。

持票不投的卻占大多數，這種情形之下，恐怕是很難當下否決。原則上應該再廣徵意見。至少也要請那些不表示意見者，談談他們不便否認的原因，或不肯投贊同票的理由，然後再經公開討論，最後不論是怎樣的決議，都比較合乎公平的原則。基於這樣的狀況和原因，在一片反對聲和大多沈默無意見者之間，應該容許提出個人不否認的意見。意見也許未必成熟，但至少總算有了一分肯定的主張和理由。這樣先起個頭，當然也期盼著有人附議才行。

早期的訓詁，大都是隨文解義，訓詁的過程中，有時會發生一字而意義恰好相反的事實，大概也沒有人給予十分的注意。首先明白提示這種觀念者是東晉的郭璞：

△《方言》卷二：「逞、苦、了，快也。自山而東或曰逞，楚曰苦，秦曰了。」郭注：「苦而為快者，猶以臭為香、亂為治、徂為存，此訓義之反覆用之是也。」

△《爾雅・釋詁》：「徂、往，存也。」郭注：「以徂為存，猶以亂為治，以曩為曏，以故為今，此皆詁訓義有反覆旁通，美惡不嫌同名。」

郭璞首先提出了「訓義之反覆用之」、「詁訓義有反覆旁通」的說法，自此之後，運用這種觀念來說明所遇到的一字而具有相反意義的現象者，遂大有人在，「陳奐、段玉裁、桂馥、王筠，無疑是通儒碩學了，此可見反訓觀念氾濫之廣」❹，「甚至推波逐浪，由歸納而演繹，於是所謂反訓，幾幾乎成了訓詁的常則」❺。

反訓的觀念最先既由郭璞提出，反對者自然會針對他的話來作討論或辯駁。不過郭璞的言論也確實有些問題，所以反對者必然是振振有辭，穩佔上風。第一，揚雄《方言》的編纂，有很多原就是記錄各地不同的語言語彙，沒有適當的文字可供表達，往往就用同音的字來記錄語言，所以他用的這個「苦」字，不過是一個借來記音，代表楚地方言的注音符號而已。郭璞認定那原是痛苦字，而居然訓為愉快字，因而才導引出「反覆用之」的說法。這是他對資料本身性質沒有看清楚，所以其所推衍出來的理論似乎也站不住腳了。第二，郭氏二注所舉的六組例證，也不見得都很正確。如「臭」原是泛指一切氣味，「香」為各種氣味之一，以臭為香，如果有人這樣使用過，那也只是濃縮性的引申作用而已。就像「道」是一切美德的全稱，忠、信各是一種美德，但有時「道」可以濃縮專指「忠」或「信」一樣。意義的引申自有其合理的軌跡可循，只不過一再地引申，到最後那一站的意義可能和本義距離很遠；然而再怎樣也不可能被視為反訓的例證。因此郭氏所舉的例證不甚妥當，其所持的言論當然也被認為不可信。其他五組，也都被一一提出來檢討過，或認為原是引申而得，或認為可由叚借關係說明，甚至還可能是由於

❹ 龍宇純〈論反訓〉中語，已見❶。

❺ 胡楚生《訓詁學大綱》中語，已見❶。

字形相近，譌誤所致。來源可以從很多線索予以探尋，未必非以反訓釋之不可。在這六組文字以外，還可以找出一些看似意義相反，其實都可用引申、叚借、譌誤等理由加以說明的文字，證實反訓一說是不能成立的。

當然也有人同意反訓是可以成立的，如董璠的〈反訓纂例〉，找出一百多個例證；徐世榮的〈反訓探源〉擴而充之，說他已經搜集了五百多個字例，經過歸納分析，列出十類反訓的來歷或成因；又如蔣禮鴻的《義府續貂》裡有篇〈奇字反訓〉等，這些文章似乎也都能言之成理，例證確鑿。

像這樣彼此雙方各舉若干字例，各自說明或辯駁，或立或破，終究不是認真討論問題的方法或態度；當然也不可能寄望在這種的情況下，能獲致什麼良好的結果來。於是很多人只好抱持兩可的心態，既不肯定，也不否認，談到訓詁方式時，不會忘記帶上一項「反訓」，聊備一格，總沒有錯。因此一直到今天，反訓的觀念，究竟能否成立，便成了一件懸案了。

其實仔細想想，一件事有人同意，有人反對，也有人表示不否認，這只是各人的主張不同而已；如果心平氣和，就事論事來看的話，所有的文獻資料及訓詁成績中，確實有這種義有正反及相反為訓的現象。暫且不論其所以形成的原因是對是錯，這種現象的存在，卻是無可置疑的。既然確有此事實現象，為什麼還會有應否存在的爭論呢？惟一的可能，那就是這種現象偶然存在，並非普遍，有的確實如此，有的卻不一定或不可能如此；換句話來說，這應該是屬於一種有條件的存在，而不是全面判定其為存在或不存在的問題。條件不合，必然可以反對，而且可以理直氣壯地予以反對。合於條件者，則必然可以存在，任誰也否認不了。

問題關鍵是條件在哪裡？條件究竟是什麼？這疑問似乎從來沒有人肯靜下心去思考過。因為這很可能是一種內含屬性，本身不大顯明，所以雖然具有共相，但卻並不太引人注意。歷來許多從事訓詁工作者，只知默默地工作，工作的重點僅在於隨文解義。也許有人已經察覺到這種奇特的共相，聰明如郭璞者，於是就揭示出這種共相的存在，而稍加說明。可惜他的說明中，「美惡不兼同名」是借用《公羊傳》的話，原是另外一碼事，已經不夠適切，而「訓義之反覆用之」、「詁訓義有反覆旁通」二語，正好又偏側到訓詁形式的運用上去，帶給後世重要的影響，即是任何文字似乎都可「反覆」訓詁的錯誤導引，而從此忽略了對這些共相內含屬性探索的方向。大家都會很輕鬆地習慣於前人所提出的「反覆」訓詁的原則，當遇到解釋困難時，這種原則自會被人習慣沿用甚至濫用，卻無暇思考這原則究竟有何理論基礎，僅有的理由則是服膺傳統而已。一旦郭璞的言論及舉例被否決之後，原就茫然不清楚的觀念，自然也被拖垮了。

因此今天如果我們想要再來討論這問題，不希望也困陷於重蹈覆轍、纏夾不清的炒冷飯狀況中，首先必須釐清「義有正反」與「相反為訓」兩者之間不容混淆的界劃。因為這兩者正好可以代表兩種不同的思考方向：前者是有關內含屬性的問題，理論基礎可能由此而建立；後者則是實際工作的運用技術。

有其理論，然後才可以隨意運用而無礙。沒有基礎概念的認識，只是根據偶而察覺的一點共相，即盲目地予以廣泛運用，甚至形成訓詁的常則，那自然是脆弱而不堪一擊的愚蠢行為了。

中國文字，原是一字一形一音一義，真正的本義應該只有一個。但是思想語言的發展既快而又複雜，文字的創造是永遠跟不上的，因此在一字的本義之外，漸漸會因人的使用，而產生意義的變遷或轉移。這就是我們所謂的有引申義、段借義，甚至還會有突變的特殊用義、新生義等。這些狀況，稍涉訓詁者大概都知道，不須在此多作贅言。

不過另有一種語義分化的現象，倒是十分值得注意的問題。理論上說來，早期人們思想中的任何概念，可能是相當單純而籠統的。隨後民智漸開，人事趨繁，原先單純而籠統的概念本身產生了分析變化的現象，就像單細胞分裂後，單一的母體分化為兩個或兩個以上的新細胞，雖然各自賦予了新的生命，而其原生質卻都承襲著母體的特質。譬如「隹」的概念是一隻鳥，配合的語言是「職追切」，古音在段氏十五部，造字者所畫的是象形方式靜止不動的「隹」❻。最早的概念可能就是這樣籠統，管他是黑鳥白

❻「鳥」和「隹」一樣，都是象形方式所畫靜止不動的鳥，《說文》把鳥和隹分列兩部，而且說鳥是「長尾禽總名也」，說隹是「鳥之短尾總名也」，一是長尾，一是短尾，長短既無標準可言，而鳥部字的重文多从隹，隹部字的重文多从鳥，可見這兩個字的本意應該沒有多大差異。鳥音都了切，隹音職追切，兩字古聲同屬端紐，因此可以認為這兩個字是轉注的關係。本文舉「隹」為例而不取「鳥」者，主要是因為隹音職追切，古音十五部，

鳥、死鳥活鳥、雌的雄的，反正就是「隹」。而後在彼此語言的交談中，可能發生必須分別究竟是指靜止在樹上的，還是指飛在空中的問題。概念有此區分靜態或動態的必要，應該是自然而且合理的事。既有此概念的分化，語言的表達也可能會有少許的變化，藉以幫助對方容易接受區別動靜概念的訊息。於是職追切十五部的音仍屬表達靜止不動的鳥，而稍有變化的「甫微切十五部」，則屬於表達活動在空中的鳥。依據變化後的語言造字，於是就有了「飛」字。再其後可能也察覺活動在空中的「飛」仍有快與慢的差異，這樣的差異仍需在語言中給予清晰的區別表達，於是再由甫微切十五部，聲變而為「息遺切十五部」的音，用以表達慢動作飛行的鳥；又由甫微切十五部，韻變而為「息晉切十二部」的音，用以表達快動作飛行的鳥。依據變化後的語言造字，息遺切的語言所造的字是「奞」，《說文》：「鳥張毛羽自奮奞也。」說明那是由地面起飛的樣子，起飛當然是比較慢的用力動作。又依據息晉切的語言所造的字是「卂」字，《說文》：「疾飛也，从飛而羽不見」，羽毛都看不清了，當是高速度的飛行了，這段話說起來很嚕嗦，圖解也許會比較清楚些：

與以下的字組聲音更為接近些。

語意籠統的鳥（職追切十五部）「隹」
- 靜態的鳥（職追切十五部）「隹」
- 動態的鳥（甫微切十五部）「飛」
  - 慢飛的鳥（息遺切十五部）「奞」
  - 快飛的鳥（息晉切十二部）「卂」
  - 鳥翅相背（甫微切十五部）「非」

圖中旁支的「非」，是「飛」的語意孳衍，當屬另一領域，與本文無太大關係，姑置不論。本圖主要在顯示一個籠統概念逐漸分化的現象中，其語意分化的軌跡很自然，語言變遷的痕印也很清楚，可以說這是一組比較簡單的例證。

上述的這組例證中，最值得注意的一點，是所以會發生分化作用的觸媒，是動靜、快慢，或者還有其他。概而言之，大都屬於狀態、形勢、程度、位置、立場等對立的因素。這應該是人們思想觀念進步過程中，最普遍、最自然，也是最淺顯的分化現象。

語意概念產生分化之後，要求各自擁有新創語言的配合，藉以區別彼此相對的概念，恐怕不是那麼容易的事；所以能在原有的語言聲中稍予變化，已經算是不錯的了。那時候可能語言的發展還沒有十分的完備，所謂「四聲別義」，那可是後來的事。因此當時發之脣吻的變化，至多只能有聲變或韻變的程度。但這種聲變而尚保有疊韻，韻變而尚保有雙聲的痕跡，便成為今日尚可追蹤覓跡寶貴而重要的線索了。根據這些保留下來的線索，總算還可以讓我們找出一些語意分化後，音義的關聯性，藉以綴合這一組一組的例證，從而可以更進一步作其他的研究或參考，但這畢竟還是相當幸運的事。

然而不幸的是，語言的變化終究有限，永遠跟不上思想的發展；文字的創造有時而窮，也永遠跟不上語言的孳生。相信一定有不少的概念早經分化，而語言的配合卻未必能賦予所有分化概念以各自不同的聲音，文字形體自也未必有另行創造的動機。如「口」原是一個單純籠統的概念，至於人的口、魚的口、野獸的口等，都是這一概念的分化，語言上既無法各賦予不同的聲音，文字也不可能另創許多形體以為適應，於是只好保持其原有的語言聲音，固定的文字形體，始終沒有任何變化。所以語言文字之間也有許多幸與不幸的差別。當人們使用某一個語言文字的時候，雖然其所希望表達的狀態、形勢、程度、位置、立場、方向等概念，不見得每次都是完全相同，然而卻往往是別無選擇，只好使用這始終沒有任何變化的同一語言文字。在我們後人看來，這同一個語言文字，在歷史流程中的使用意義，除了由於推引或伸展有軌跡可循的引申義之外，其中含有屬於狀態、形勢、程度、位置、立場、方向等性質的對立，而兼有兩極化的涵義者，有些人就稱之為「相反的意義」❼，認真說來，這種因對立而起的分化，應該稱之為「相對」，與相反有一點相似，但畢竟還是有一段距離的。

又如「買賣」，看起來很像是彼此意義相反。事實上早期的語意中，「沽」和「市」一樣，很可能只

❼ 楊端志說：「一詞具有正反兩面的意義。」張永吉說：「同一個詞可能具有相反的意義。」郭在貽說：「有些字在古代含有相反的兩義。」均已見❷所引。

是單純而籠統的交易行為概念，無論買賣雙方的行為都稱之為「沽」。後來察覺有區分雙方的必要，然後才有「買」與「賣」的文字出現。然而即以買賣兩字的語言來考量，也可以看得出早期應該是出自同一語言，比較幸運的是有人為此區別意義，在買字之外，另加意符造了一個賣字，使雙方的行為意義各自擁有一個專用字。而「沽」和「市」字則無如此幸運，聲音既無改變，形體也就無從另造。因此始終保有原音原形，即使用以表達分化後的概念，也依然使用同一個語言文字，因此而形成後人以為這就是「義有相反」的認識。其實這只是立場相對的狀況，是籠統概念的細胞分裂，無論買賣雙方都仍然保有其原來「交易行為」共相的原生質。因此這種現象應該歸屬於相對，而非相反。又如《公羊・莊公二十八年傳》：「春秋伐者為客，伐者為主。」何休注云：「伐人者為客，讀伐長言之。」又云：「見伐者為主，讀伐短言之。」而且都附加一句「齊人語也」。由見籠統的攻伐行為最早時都稱之為伐，語意的分化形成了伐人與見伐的對立，何休時的齊人語言中已有了長言、短言的區別作用，可惜漢以後的人並沒有為長言或短言的伐另造新字。

類似的例證，前人所談到的實在不少，不過都以反訓或義有正反目之；不過這裡所舉的例證，除了前述必須是籠統概念的反化外，也許還可以看出一點輔佐條件的訊息。

買賣的行為或伐人與被伐者的立場，固然是彼此相對的，而就行為事實上言，還具有一種同時發生或存在的特點。只有人買，沒有人賣，交易不成；沒有伐人者，自不會有人被伐。買賣必須同時發生，然後才有雙方的相對；兩國必須同時在場，然後才有伐人與被伐的事實。

其他如「告」字、「仰」字有下對上之義，也有用為上對下者；「率」字有遵循之義，也有用為領導者。「讓」字有謙讓之意，也有用為責讓者。無論其為上下、尊卑、形勢等狀況的對立，似乎也都含有同時存在的特性。既然同屬於一個籠統整體概念的分化，各細胞體之間除了彼此對立的狀況外，應該也容許這同時共存的條件才是。

最後，再來談談「相反為訓」的問題。既謂之「訓」，這分明已經是訓詁實務中的名詞。代表一種技術性的方法而已。方法的運用，本身無所謂是非。如果有是非，那只是在某一事例中運用得當或不得當的問題而已；換句話說，純屬於人為因素而已。譬如增字為訓，可說是最普通常用的訓詁方法，但也最容易出錯，《禮記・檀弓》：「童子隅坐而執燭」，如果訓燭為蠟燭，就像訓馬為白馬一樣，那可就出錯了，但不能因此就認定「增字為訓」是不合理的。同樣道理，「相反為訓」也未必完全不合理。如前述由於整體概念的分化，一個字可能會有相對兩極化的解釋，看起來很像是反訓，實際上也並沒有錯。

還有一種情形，《左氏・莊公二十二年傳》：「敢辱高位？以速官謗。」杜注云：「敢，不敢也。」又《左氏・襄公二十九年傳》：「先君若有知也，不尚取之？」孔疏引服虔云：「不尚，尚也。」《詩經・大雅・文王》：「王之藎臣，無念爾祖？」毛傳：「無念，念也。」像這一類的訓詁方式，看起來也很像是「相反為訓」。但是他們的解釋經義並沒有錯誤，也不可能故意一定要朝相反的方向去解釋，更不可以認為前人的智慧水準比我們低，連這種反問句子都看不出來。他們正是因為知道這是反問句，只不過他們的重點是在作正面句意的闡述，而不是針對這個字故意作方向相反的解釋。問題是過去的訓詁，文辭太過簡略。如果以現在的語言來說明：「傳文說『敢辱高位嗎？』其實正是不敢有辱高位的意思。」瞭解前人是在說明全句的用意，就不會再發生什麼不合理的誤會了。

這是一種頗有爭議的問題。最早起源於《方言》的郭注。《方言》卷二：「逞、苦、了，快也。自山而東或曰逞，楚曰苦，秦曰了。」郭璞注曰：「苦而為快者，猶以臭為香、亂為治、徂為存，此訓義之反覆用之是也。」苦是痛苦，快是快樂，意義完全相反，如何能用快樂來解釋痛苦，實在說不通，於是郭氏首先提出「反覆用之」的意見，其後乃漸漸形成所謂「反訓」的說法。有人贊成，但也有人反對。贊成者自有其論據，反對者也不無道理，所以形成爭議，迄今似乎仍無定論。不過如果雙方都有道理，很難判定誰是誰非時，應該考慮到這種現象可能是一種「有條件的存在」。也就是說具備某些條件時，反訓可以成立，不具備某些條件時就不能成立。贊成者所舉的論據正好具備那些條件，所以說來沒錯；反對者所提出的又正好不在那些條件之內，所以認定其不能成立。因此這個問題的癥結，就在到目前為止還沒有誰思考過那些條件究竟是什麼？或者甚至還沒有誰想過這其間有什麼條件的存在。

如今不妨試探著從實例中思考分析，也許能捕捉到一些「條件」的消息。譬如：

△《論語・子罕》「求善賈而沽諸。」馬融注曰：「沽，賣也。」
△《論語・鄉黨》「沽酒市脯不食。」邢昺疏曰：「沽，買也。」

同出於《論語》，同一「沽」字，一解為買，一解為賣，而且都很正確，從來沒有疑義，然而其意義卻正好相反。這應該是「相反為訓」可以成立的一個實例。在這個實例中，買與賣是相反的兩個立場，而交易卻是一件事實，可見這原是一件行為的兩面。而且有賣才有買，有買才能賣，可見其間還有必須是同時存在，相反卻又相成的性質。因此似乎可以據此提出「一體兩面」、「同時存在」和「相反相成」三個條件來。「亂」與「治」之關係也是一樣的，有亂始需有治，治因亂而起。「徂」與「存」亦相同，但「臭」與「香」則不然。「臭」是各種氣味之總名，「香」是「臭」中之一種氣味，以「香」解「臭」，不過是引申義中的濃縮性變化而已，並非相反為訓，更沒有如以上所說的那種條件存在。也許上述的條件確實是決定性的條件，但尚須進一步再求廣泛的驗證。也許「相反為訓」的成立尚有其他不同的條件等待發現，但至少這已是值得大家思考的第一步。至於《方言》「苦」而為「快」，郭璞以「訓義之反覆用之」來解釋，根本就是誤會。《方言》明明說是「楚曰苦」，指楚地的人把「快」唸作「ㄎㄨˇ」，揚雄為了記錄語言，正好用上了「苦」字。所以這裡的「苦」只是記錄聲音的一個符號而已，不能當作文字來看，更無須推敲「苦」字與「快」字之間的意義關係如何。

### 5. 異字同訓

在許多同義字中，總會有一個比較上大家熟悉的字，於是在作注解時，往往就會有統一取用此字來解釋其他同義字的現象。如《說文》：「祿，福也」、「褫，福也」、「祥，福也」、「祉，福也」等，其作用在使讀者容易懂而已。辭書為求方便起見，更可以把許多同義字堆在一起，最後用大家熟知的那個字來作注腳，如《爾雅・釋詁》：「怡、懌、悅、欣、衎、喜、愉、豫、愷、康、妣、般，樂也。」這種異字同訓的方式，最大的好處就是抓住了它們共通性的意義。

### 6. 一字歧訓

形式上正好與前條的異字同訓相反。對一個字往往採用兩歧的解釋，最後再把兩種歧義整合起來。這種訓詁方式幾乎已有了相當固定的模式，如鄭玄〈禮序〉：「禮，體也，履也。統之於心曰體，踐而行之曰履。」先把禮字分開作兩種解釋，然後就此兩解的不同方向更作進一步的闡述。雖然「體」「履」方向不同，但一為「統於心」，一為「踐而行」，合在一起，正是知行合一的說明。這種方式的訓詁，看來像是兵分兩路，但一往左轉，一往右拐，最後合成一個面。面的訓詁實際上總要比點及線的方式豐富得多。

前引的《詩・大序》：「風，風也，教也；風以動之，教以化之」，也正是這類訓詁的典型。又如《周禮・天官・大宰》鄭注：「典，常也，經也，法也。王謂之禮經，常所秉以治天下也；邦國官府謂之禮法，常所守以為法式也。」雖不甚明顯，但也確實是一字歧訓「面」的訓詁。

## 7. 增字為訓

某字艱深，如果配上一個字，也許就容易懂了，譬如祈解為祈求，簡解為簡單，就沒有問題了。有時確實需要增字以訓，如《詩經・王風・葛覃》：「言告師氏」，鄭箋：「言，我也。我告師氏者，我見教告于女師也。」鄭玄在「告」字上面加了「見」、「教」二字，在「師」字上面加了「女」字。告字解為教告，顯示有教導的意思；「見」字一加，顯示這原是被動句；加「女」字以示其性別；類似這些字的增加，確是有其必要。如果不加，句意難明。所以這是一種運用非常普遍，而人人都會用，甚至人人都曾用過，然而也是最容易出錯的訓詁方式。如果所增的字是必要而正確的，當然沒有問題；或者所增的只是同義詞，加個字沖淡一下，也不大會出錯，此外就很難說了。譬如所加的是形容詞或所有格之類的字，就必須要慎重考慮其正確性了。《禮記・檀弓》：「童子隅坐而執燭」，如果把「燭」解為「蠟燭」，那就錯了。因為「蠟」是形容詞，蠟做的燭，到東晉時才有。這種錯誤就和馬有很多種顏色，硬要指此馬為「白馬」就有問題是一樣的。

又如朱熹注《大學》云：「大學者，大人之學也。」以「大」為「大人」也，是增字為訓，其正確性當然值得考慮了。最有趣的是朱熹解釋格物二字云：「格，至也，物猶事也。」此處沒有問題，而下文接著說「窮至事物之理」，在「至」上加了「窮」字，「事」字變成了事物之「理」，已經有點奇怪了；到了補第五章時，乾脆變成了「窮理」，只保存後加的「窮」和「理」，原有的「格」、「至」、「物」、「事」全部丟掉，這種增字為訓，而再脫胎換骨的詮釋方式，在義理層面也許可以，但就訓詁而言，是說不過去的。

## 8. 相對為訓

同一事物，常有因身分、立場、程度、環境等的差異，往往各有其適當的表達文字，如果不經過相互對比的方式，確實不容易看得出其差異性。如《左氏・莊公三年傳》：「凡師一宿曰舍，再宿曰信，過信為次。」軍隊駐紮某地，一天、兩天、兩天以上的用辭就有習慣性的不同。又如《禮記・曲禮下》：「天子死曰崩，諸侯曰薨，大夫曰卒，士曰不祿，庶人曰死。」又曰：「壽考曰卒，短折曰不祿。」又曰：「羽鳥曰降，四足曰漬，死寇曰兵。」同樣是「死」，卻因身分、程度、類別等的差異而用字各別，如果沒有這樣方式的訓詁，根本無法瞭解其適當的意義。又如同是行走，而《爾雅・釋宮》卻說是：「室中謂之時，堂上謂之信，堂下謂之步，門外謂之趨，中庭謂之走，大路謂之奔。」

## 9. 申義以訓

只是字面上的解釋，有時未必能透徹說明其內涵的意義，必須要靠申述的方式，才能明暢展現作者所要表達的原意，或更清楚地交代其範圍或程度等的例證。如《禮記・中庸》：「故天之生物，必因其材而篤焉」，上天生養萬物，一定會根據其本質而予加厚，這樣的翻譯應該是沒有錯，但意義總覺得相當的模糊，鄭玄注曰：「善者天厚其福，惡者天厚其毒，皆由其本而為之。」著眼於原文的「材」字加以申述，材有美惡，於是再就善者厚其福，惡者厚其毒作展開式的說明，自然比較明晰得多。又如《儀禮・喪服記》：「朋友麻」，鄭注曰：「朋友雖無親，有同道之恩。」並不是對所有朋友都要穿著緦麻之服，鄭注提出兩個條件，一是「同道」，一是「恩」情，這也是從經文的三個字上看不出來，而必須加以申述的例證。又如《禮記・學記》：「學然後知不足，教然後知困」，鄭注曰：「學則睹己行之所短，教則見道之未達。」用「己行之所短」解釋「不足」，用「道之未達」解釋「困」字，文字雖然多了些，但意義卻能得到相當透徹的說明。

## 10. 推義以訓

對於問題的答案，無法獲得正確的驗證，有時只好以懷疑推測的方式來作處理。雖然是不敢十分確定的答案，但有解釋總比沒有解釋的好些。如《禮記・王制》說到天子諸侯宗廟的祭禮有礿禘嘗烝之名，鄭注曰：「此蓋夏、殷之祭名，周則改之，春曰祠，夏曰礿，以禘為殷祭。」「蓋」字即有疑而不定之意。又如《儀禮・士冠禮》：「前期三日筮賓」，鄭注曰：「賢者恆吉。」這當然是推測過分之辭。

## 11. 比擬以訓

對於不容易解釋的問題，也可以用比擬的方式來處理。尤其是有關制度職官等方面的辭語，的確很難解釋清楚，但如果用相當於現代的職官或某類的事務來作說明，可能比較容易瞭解。如《周禮・地官・調人》：「凡有鬥怒者成之。」鄭司農曰：「成之，謂和之也。和之，猶今之二千石以令解仇怨，後復相報，移徙之，此其類也。」當然鄭司農說的「今」是指東漢時事。又如《禮記・禮器》：「君子之於禮也，有直而行也，有曲而殺也。」「直而行」是伸直而行，也就是一切依照常制去做，不因任何狀況影響；「曲而殺」則是在某種狀況之下，必須蒙受委屈而降低等級。這樣的說明，給人的觀念還是很模糊，甚至看不懂。這時最好能打個譬喻，那就容易明白得多了。所以鄭玄的注就用比擬的方式來作詮解，曰：「謂若始死哭踊無節也。」又曰：「謂若父在為母也。」以親人剛去世，孝子哭泣跳腳無法予以節制來說明「直而行」，又以父在為母，必須由齊衰三年之服降為齊衰期服，來說明為母喪有時必須委屈而降減。所以舉例說明的方式，在過去使用很普遍，而且也相當管用。

## 12. 改字以訓

如果作注解的人認為原文某字可能是錯誤的，判斷應該是某字才對，於是在注解裡予以說明，接著就以改正後的文字進行詮釋。在過去往往稱為「破字以訓」，為了便於大家容易瞭解，還是用「改字以訓」比較合適。如《禮記・郊特牲》：「周之始郊日以至」，是說周代的郊祭日期用冬至，然而鄭玄認為這是魯國的制度，所以注曰：「郊天之月而日至，魯禮也。」於是在注解〈明堂位〉篇「祀帝于郊」時，就直接把「周」改為「魯」，而注曰：「魯之始郊日以至。」這種改字以訓的方式，有其通行的用語「當為(作)」，只要看到注解裡有「某當為某」的形式，習慣上都知道這是表示上某字是錯字，應當改為下某字的意思。如《禮記・檀弓》：「瓦不成味」，鄭注曰：「味，當作沬。沬，靧也。」沬和靧應該是一個字，原義是洗面，引申而為清潔的意思。喪事期間，沒有心情去注意修飾，所以屋瓦上的灰塵落葉也無心打掃清潔，此之謂「瓦不成沬」，原有的「味」字的確是個錯字。有時同一問題，而各人的判斷不同，所以改字也不一定就是正確的，如《周禮・秋官・掌戮》：「髡者使守積」，鄭司農曰：「髡，當為完，謂但居作三年，不虧體者也。」但是鄭玄卻不同意，仍依「髡」字作解。

# 第十章　訓詁的用語

兩漢是訓詁的奠基時代，很多訓詁的用語習慣，都是在那個時期形成的；而且漢人對這些用語的界劃也比較嚴密，所以說到用語，當然應該以漢儒的訓詁習慣為準。如果仔細歸納這些用語的類別，項目可說真是不少，但有很多非常簡單，一看就明白，如「……者……也」之類，「者」字以上是提出問題，以下則是解釋的部分，任誰都懂，無須特別說明。然而也有一些比較特殊或生疏的用語，不經說明，不容易瞭解其功能特性者。這裡僅就這些特殊的用語，稍加說明而已。一看就明白的，就不多說了。

## 一、猶、猶言

習慣上大約有三種用法：

## 1. 義隔而通之

解釋的文字和被解釋者之間，意義上有相當大的距離或間隔，當然多少還是有部分可以扯得上關係。在一時找不到適當的文字，或解釋起來可能非常囉唆的不得已情況之下，勉強就用這個大異而小同的字詞來作注解時，中間加上個「猶」或「猶言」來聯繫，以表示上下兩者不能畫等號，只能就其部分相近的意義去體會。如《說文》：「雔，猶譍也。」《說文》的解釋字義字形，很少有這樣用「猶」的形式，段玉裁在三處給予特別的說明。此字下段注曰：「凡漢人作注云猶者，皆義隔而通之。」其實「雔」的本義應該是「以言對之」(見段注)，用在好的事物方面就是「雔對」，用得不好則成為「仇雔」。劉向《別錄》：「一人讀書，校其上下得謬誤為校；一人持本，一人讀書，若怨家相對為雔。」因此無論如何，雔字的原意應該是兩人相對談話的情況。「譍」字大徐本《說文》云：「當也。」段玉裁刪此字而併於「應」，云：「凡言語應對之字即用此。」所以「譍」即應對、應和、答應之應。必須是先有人對我說話，而後產生我的回應。和「雔」字平等相對而言的意義確實是有所不同，以「回應」來解釋「對談」也確是不大妥當，因此許慎才加上「猶」字以表示「義隔而通之」的作用。又《說文》：「𡫳，窒也。从㠭从廾窒宀中，㠭，猶齊也。」段注曰：「凡漢人訓詁，本異義而通之曰猶。」也是義隔而通之的意思。因為「㠭」是「極巧視之也」，精細展視的意思。如能排列整齊，總是有助於精細展視，所以㠭和齊之間是有那麼一點關係存在，但未必能畫等號，因此許慎用「猶」字加在中間，以表示不得已的義隔而通之。總之，「猶」字的使用，如用白話來說，應該是「有一點兒像」的意思。

### 2. 以今語釋古語

這是屬於語言的訓詁。如《說文》：「爾，麗爾，猶靡麗也。」段注曰：「麗爾，古語；靡麗，漢人語。以今語釋古語，故云猶。」文獻資料中保存的古代語言很多，作注解的人用當時人人都很熟悉的語言去解釋古代語言時，常用「猶」字放在中間，以表示這是語言方面的疏通。所以用現代白話來解釋「猶」的用法，則可以說相當於「像現代語言中的」的意思。麗爾是古語，許慎以漢代當時語言去解釋，云「猶靡麗也」；在今天也可以一樣地套用，云「靡麗，猶美麗也」。

### 3. 以借字訓借字

原文如果用的是叚借字，通常都會以其本字來作注解。然而遇到根本沒有本字，或本字不常見的情況，只好用另一個大家都很熟知的叚借字來解釋這個比較生冷的叚借字了。為了表示彼此同樣都是叚借字，於是用「猶」作為聯繫。如第二人稱代名詞，根本就沒有造出本字，一般所用的全都是叚借字，早期的有「爾」、「而」、「若」等，後來有用「爾」的聲符「尒」字，由「尒」加人旁有「你」，加女旁有

「妳」，再加「心」而有「您」等，也可以算是後造專用字。但專用字畢竟不是本字，因為經不起字形結構的分析，一分析就知道沒有任何部分可以顯示第二人稱的本義。所以雖然有後造專用字，而其來源還是叚借字。因此《周禮・考工記・梓人》：「惟若寧侯」，鄭注：「若，猶女也。」並不是說「若」字就是女子之「女」；「女」就是「汝」，「汝」就是「你」，是指第二人稱代名詞的意思。又如《大戴禮記・曾子天圓》：「而聞之云乎」，注：「而，猶汝也。」也不是說「而」就是河南汝水的「汝」。

## 二、讀如、讀若；讀為、讀曰；當為、當作

以上所列其實是三組訓詁用語，由於文字非常近似，容易混淆不清，所以就併在一起來作說明。關於這三組用語的使用性質，段玉裁《周禮漢讀考・序》中已有相當程度的分析，段氏曰：

> 漢人作注，於字發疑正讀，其例有三：一曰讀如讀若，二曰讀為讀曰，三曰當為。讀如讀若者，擬其音也。古無反語，故為比方之詞。讀為讀曰者，易其字也。易之以音相近之字，故為變化之詞。比方主乎同，音同而義可推也；變化主乎異，字異而義憭然也。比方主乎音，變化主乎義。比方不易字，故下文仍舉經之本字；變化字已易，故下文輒舉所易之字。注經必兼茲二者，故有

又曰：

讀如，有讀為；字書不言變化，故有讀如，無讀為。

當為者，定為字之誤、聲之誤而改其字也，為救正之詞。形近而譌謂之字之誤；聲近而譌謂之聲之誤。字誤聲誤而正之，皆謂之當為。凡言讀為者，不以為誤；凡言當為者，直斥其誤。三者分而漢注可讀，而經可讀。

依據段氏之說，讀如讀若，只是比擬音讀，也就是純粹注音而已。至於讀為讀曰，段氏只說是「易其字也，易之以音相近之字」，其實就是為叚借字找出一個音相近的本字來，因為本字與叚借字之間必然具有音相近同的條件。換上了這個「音同」的本字之後，自然「義可推」、「義憭然」了。原有的叚借字當然說不通，必須換上本字然後全句才能聯貫，所以他說「下文輒舉所易之字」。總之，讀為、讀曰就是專為交代原文所用的是叚借字，而其本字應該是誰的一種特定訓詁用語。段氏沒有說清楚，可能是為了要和讀如的性質來作比較，反而忽略了專用性的說明。

前人注中有時對這類用語含有解決叚借問題的特性往往就有作明顯的交代，如《漢書‧文帝紀》：

「盡除收帑相坐律令。」，注：「帑讀與奴同，假借字也。」「當為」則是改正錯誤的特定訓詁用語，如《禮記・問喪》：「雞斯徒跣。」，鄭注曰：「雞斯當為笄纚，聲之誤也。」三者用語，在漢儒注經的習慣上應該是分得很清楚的。不過問題還是在於他們當時判斷的準確性，未必有十分的有把握。因為這是叚借字，那是錯別字，他們判斷時，全憑經驗及記憶，難免失誤，不過失誤的機率總要比後人少得多。

## 三、之言、之為言

《說文》：「祼，灌祭也」，段注引《周禮・大宗伯》注兩言「祼之言灌」，解云：「凡云之言者，皆通其音義以為詁訓。」所謂「通其音義」者，實即「推因」探求語源的特定訓詁用語。詳參第九章「推因」節下。

# 第十一章　訓詁工作者應有之態度

所謂訓詁工作應包括正式文字的注釋及一般文章的講解，應有之態度，當有如下之幾點要求：

**1. 嚴謹細密**

這是一項基本的要求，其實做學問就該如此，無論起手、過程，或結論任何地方，稍有不慎，發生錯誤，有時自己都不大容易發現，一旦誤入歧途，走了許多冤枉路，白花時間不算，遺誤後人，罪莫大焉。

**2. 要符合作者的原意**

絕不可以自己的愛惡為標準，應要求依照作者的原意來解釋，尤其應盡量避免「我以為這樣比較好」的觀念，因為我是我，他是他，我並不能代表他，更不能改變他的想法，所以訓詁工作只能忠實地傳達作者原來的思想或情感。因此在落筆之前一定要弄清楚該文的意向，然後再考慮選擇最適當的詞語來表達，切不可望文生義隨變說解。

### 3. 言必有據

訓詁有時也是考據工作，一字一語之斷按，都必須要有根據才行，而根據的尋覓大抵是從《經籍纂詁》裡去找，最好能找到與作者同時代或稍早的資料，因為同時代的資料可以證明當時確有如此習慣的用法，稍早的資料可證明在此以前已有此用法，時代稍後的最好不用，怕後來也許已有別的變化，不足證明作者當時已有此種用法。其次可從《辭海》、《中文大字典》等工具書裡去找。

目的在找出作這樣解釋的依據，也就是查考過去有沒有這樣的用法。如實在找不出依據，就該考慮是否為某義的引申或某字的叚借，總之就要另尋出路了。

### 4. 圓融貼切

訓詁就是要把別人不懂的解釋清楚，讓人人都懂才行，因此在解釋時除了應考慮保持作者原意外，還該考慮解釋得完整貼切，完整是說意義必須完全，不可遺漏，貼切是要切合文義，不得偏失。以往注釋大抵使用文言，如說某、某也，雖然簡單，也不大會出錯，但總覺得嫌模糊不清，語意不全，套到原句裡更是生硬不順，還需要運用聯想力才能明白是什麼意思。如以白話文來解釋，當可避免這些缺點，但也有問題，因為白話文太靈活，表達力很強，也就是說不容易把握正確性，須要特別小心，民國六十一年左右，我曾編寫標準本高中國文，注解全採白話文，我已盡力小心，但因白話注解看來不像文言那樣前有所據，而且又容易遭受曲解，所以當時備受攻擊，最後終於以改編收場。也許我是盡了力，但仍不敢保證絕無失誤，可見要求圓融貼切是真不容易的事。

# 第十二章　訓詁的條例

## 一、聲訓條例

### (一)訓詁之旨本乎聲音

#### 1. 義先乎音，音先乎形

(1)戴震〈與是仲明論學書〉：「字學故訓音聲，未嘗相離。」又〈古經解鉤沈序〉：「由文字通乎語言，由語言通乎古聖賢之心志。」

(2)錢塘〈與王無為書〉：「文者所以飾聲也，聲者因以達意也，聲在文之先，意在聲之先，至制為文，則聲俱而意顯，以形加之而為字，字百而意一也，意一則聲一，聲不變者，以意之不可變也，此所謂文字之本音也。」

(3)《說文解字》「坤」字下段注云：「文字之始作也，有義而後有音，有音而後有形，音必先乎形。名之曰乾坤者伏羲也，字之者倉頡也。畫卦者，造字之先聲也，是以不得云☷即坤字。」

(4)《說文解字》「詞」字下段注云：「意者文字之義也，言者文字之聲也，詞者文字形聲之合也。凡許之說字義，皆意內也，凡許文說形說聲，皆言外也。有義而後有聲，有聲而後有形，造字之本也，形在而聲在焉，形聲在而意在焉，六藝之學也。」

(5)王念孫《廣雅疏證·序》：「竊以詁訓之旨，本於聲音，故有聲同字異，聲近義同，雖或類聚群分，實亦同條共貫，譬如振裘必提其領，舉網必挈其綱，故曰本立而道生；知天下之至嘖而不可亂也，此之不寤，則有字別為音，音別為義，或望文虛造而違古義，或墨守成訓而尠會通，易簡之理既失，而大道多歧矣。今則就古音以求古義，引申觸類，不限形體，苟可以發明前訓，斯淩雜之譏，亦所不辭。」

(6)王引之《經義述聞》：「夫古字通用，在乎聲音，今之學者不求諸聲，而但求諸形，固宜其說多謬也。」

(7)王筠《說文釋例》：「聲音，造字之本也，用字之極也。其始也，呼為天地，即造天地之字以寄其聲，呼為人物，即造人物之字以寄其聲，是聲者造字之本，及其後，其是聲即以聲配形而為字，形聲一門，所以廣也。」

(8)劉師培《小學發微補》(第十一條)：「察《易經》有言，書不盡言，言不盡意，意即字義，言即字音，書即字形；惟有字義，乃有字音，惟有字音，乃有字形。」

(9)楊樹達〈積微居小學金石論叢序〉：「蓋文字之未立，語言先之，文字起而代言語，有其聲則傳其義。中土文書以形聲字為夥，謂形聲字聲不寓義，是直謂中土語言不含義也。」

### 2.音義同源

(1)《說文》：「禛，以真受福也，从示真聲。」

段注云：「此亦當云从示从真，真亦聲，不言者，省也。聲與義同原，故龤聲之偏旁多與字義相近，此會意形聲兩兼之字致多也。《說文》或稱其會意而略其形聲，或稱其形聲而略其會意，雖則省文，實欲互見，不知此，則聲與義隔。」

(2)章太炎先生《小學答問》(末條)：「語言之始，誼相同也，多從一聲而變，誼相近者多從一聲而變，誼相對相反者，亦多從一聲而變。」

### 3.凡同音多同義

(1)《說文》：「洼，深池也；窐，專空也，凡圭聲字義略相似。」
《說文》：「裨，接也，益也，从衣卑聲。」
段注云：「會部曰朇，益也；土部曰埤，增也，皆字異而音義同，……按本謂衣也，引申為凡埤益之偁。」
《說文》：「袢，衣無色也，从衣半聲，讀若普。」
段注云：「日部曰普，日無色也，袢讀若普，則音義皆同，女部曰姅，婦人污也，義亦相近。」
《說文》：「齰，齧聲，从齒吉聲。」
段注云：「石部曰硈，石堅也。皆於吉聲知之。」
《說文》：「癉，勞病也，从疒單聲。」
段注云：「〈毛傳〉訓病也，又訓勞也。許合云勞病者，如嘽訓喘息皃，幝訓車敝皃，皆單聲字也。」
《說文》：「嘶，悲聲也，从言斯省聲。」
段注云：「斯，析也；澌，水索也。凡同聲多同義。」
《說文》：「歟，安氣也，从欠與聲。」
段注云：「如趣與為安行，鷽為馬行，疾而徐音同義相近也，今用為語末之辭，亦取安舒之意。」

《說文》：「力，地理也，从阜力聲。」

段注云：「按力者筋也，筋有脈絡可尋，故凡有理之字，皆从力。阞者地理也，朸者木理也，泐者水理也，手部有扐亦同意。」

(2)王引之《經義述聞》「聲相同相近者，義每不相遠」說：

「夫詁訓之要在聲音，不在文字，聲之相同相近者義每不甚相遠。」

(3)又王氏示例云：「明堂位周人黃馬蕃鬣，正義曰：蕃，赤也，周尚赤。熊氏以蕃鬣為黑也，與周所尚乖，非也。引之謹按……若蕃字則古無訓黑訓赭，蕃蓋白色也，讀若老人髮白曰皤，白蒿謂之蘩，白鼠謂之皤，馬之白鬣謂之蕃鬣，其義一也。」

(4)宋保〈諧聲補逸序〉「以聲載義」說：

「古人以聲載義，隨感而變，變動不居。如犙，三歲牛也，驂，三馬也，即从參聲。牭，四歲牛也。駟，四馬也，即从四聲，皆取其聲近者，以明義之所歸，凡聲同則形雖不同，而其義不甚相遠。」

(5)劉師培《中國文學教科書．論字音之起源》：

二曰聲起於義，此由古代析字，既立義象以為標，復觀察事物之義象。凡某事某物之義象相類者，即寄以同一之音以表其義象，故音同之字，義即相同。

例如：凡開口直發其聲曰施，重讀之曰矢。凡與施矢音近者如尸、旗、夷、易、雉、止、水、屎諸字，或含有平陳之義，或含有施舍之義。凡事物有間可進，或進而靡己者，其音皆讀若門；如勉、每、亹、敏、孟、沒、懋、邁、勖、莫、卯、𥃂是也。

觀斯二例，餘可類求，故任舉同聲之字，即可用為同義。

(6)劉師培《小學發微補》(第十一條)：「吾觀焦禮堂先生《易話》，論《易經》假借之例最詳，而先生復作《易通釋》，謂古者命名辨物，近其聲即通其義，如豹礿為同聲，與虎連類而言，則借礿為豹……。」

(7)黃季剛先生《說文研究條例》第三條：「文字之基，在於語言，文字之始則為指事象形，指事象形既為語根，故意同之字往往音同。」

### 4.凡字之義必得諸字之聲

(1)黃承吉《夢陔堂文集》卷二：「呼雞為喌，使犬為嗾，雞犬何知有字，而聞之皆應，而呼使之聲即是字，可見字從言制也。從言制即是從聲制，可見字義皆起於右旁之聲也。」

(2)陳第〈說文聲表自序〉：「上古之世，未有文字，人之語言，以聲達意，聲者肖乎意而出者也。文字既作，意與聲皆附麗焉，象形、指事、會意之字，由意而作者也。聲肖乎意，故形聲之字，其意即在所諧之聲，則數字同出一意，孳乳而生，至再而三，而不離其宗焉。」

《說文》：「鏓鎗鏓也，从金悤聲，一曰大鑿中木也。」

段注云：「悤者多孔，蔥者空中，聰者耳順，義皆相類，凡字之義必得諸字之聲者如此。」

### 5. 凡從某聲皆有某義

(1)晉楊泉《物理論》（今佚，《藝文類聚》人部引）：「在金曰堅，在草曰緊，在人曰賢。」

(2)宋王觀國字母說：

「按字書鑪，从金，為鍛鑪，爐从火為火爐，甗从瓦為酒甗，〈食貨志〉、〈相如傳〉所言，盧皆酒甗也。——玈音盧，黑色也。——黸者黑之甚也，於義無妨焉。盧者字母也，加金則為鑪，加火則為爐，加瓦則為甗，加黑則為黸，加目則為矑，凡省文者，省其所加之偏旁，俱用字母，則眾義賅矣。」

(3)宋王聖美之右文說：

王聖美《字解》（不傳，見宋沈括《夢溪筆談》卷十四）：

王聖美治字學，演其義為古文，古之字書皆从左文（指形聲之形，即謂古代字書依形聲之形分類，《說文》亦以形分類），凡字其類在左，其義在右，如木類凡左皆从木。所謂右文者如戔，小也，水之小者曰淺，金之小者曰錢，餐之小者曰殘，貝之小者曰賤，如此之類皆以戔為義也。

(4)張世南之右文說（《游宦記聞》卷九）：

自《說文》以字畫左旁為類，而《玉篇》從之，不知右旁亦多以類相從，如戔有淺小之義，故水之可涉者為淺，疾而有所不足者為殘，貨而不足貴重者為賤，木而輕薄者為棧，青字有精明之義，故日之障蔽者為晴，水無溷濁者為清，目之能明見者為睛，咪米之去麤皮者為精。凡此皆可類求，聊述兩端，以見其凡。

(5)明黃生「字从某有某義說」（《義府》「諸于（今披風）繡䘿」）條下：

「䯏與䘿同，謂今之半臂也，予謂此字當作襬，蓋襬从屈有短義，半臂之式必短也。」

又其《字詁》「疋、䟽、𤴯、疏、梳」條下：

疋，鳥足之疏也，䟽、延，並窗戶之交疏也。梳、疏，並理髮器也。鳥足開而不斂，故作疋字以象之。疋有疏義，故窗戶之稀者曰䟽，櫛器之稀者曰疏，並从疋會意兼諧聲。

(6)段玉裁說（《說文解字注》）：

「鰕，鰕魚也，从魚叚聲。」

段注云：「凡叚聲如瑕、鰕、騢等皆有赤色。」

朐字下段注云：「凡从句皆訓曲。」

又「朐，脯挺也，从肉句聲。」

段注云：「凡从句之字，皆曲物，故皆入句部，朐不入句部何也，朐之直多曲少，故釋為脯挺，但云句聲也，去句聲，則亦形聲包會意也。」

藟字下段注云：「凡字从畾聲者，皆有鬱積之意。」

壨字下段注云：「凡从畾字，皆形聲兼會意。」

詖字下段注云：「此詖字正義，皮，剝取獸革也。被，析也，凡从皮之字皆有分析之義。」

斐字下段注云：「許云分別者，渾言之別為文，析言之則為分別之文，以字从非知之也。非，違也，凡从非之屬，翡，別也。靠，相違也。……此舉形聲包會意也。」

囩字下段注云：「二字疊韵，雲字下曰象雲回轉形，沄字下曰轉流也，凡从云之字，皆有回轉之義。」

「夗，轉臥也，从夕卩，臥有卩也。」

段注云：「謂轉身臥也，《詩》曰展轉反側，凡夗聲宛聲字皆取委曲意。」

「甬，艸木華甬甬然也，从马用聲。」

段注云：「凡从甬聲之字，皆有興起之意。」

「衿，交衽也，从衣金聲。」

段注云：「凡金聲今聲之字皆有禁制之義。」

「襛，衣厚皃，从衣農聲，《詩》曰何彼襛矣。」

段注云：「凡農聲之字皆訓厚，醲，酒厚也，濃，露多也，襛，衣厚也，引申為凡多厚之偁。」

濃下段注云：「小雅《蓼蕭》〈傳〉曰：濃濃厚皃。按酉部醲，厚酒也，衣部曰襛，衣厚皃，凡農聲字皆訓厚。」

娠下段注云：「凡从辰之字皆有動意，震、振是也。」

埤下段注云：「《詩・北門》曰：政事一埤益我。傳曰：埤，厚也，此與會部朇、衣部裨音義皆同。凡从曾之字皆取加高之意，會部曰曾者，益也，是其意也。凡从卑之字皆取自卑加高之意，所謂天道虧盈益謙，君子捋多益寡也。䜌凡形聲中有會意者例此。」

軍字下段注云：「於字形得圜義，於字音得圍義也，凡渾輝煇等軍聲之字，皆兼取其義。」

陘下段注云：「凡巠聲之字，皆訓直而長者。」

侊下段注云：「小當作大，字之誤也。凡光聲之字多訓光大，無訓小者。」

谻下段注云：「慶各本作度，今依《廣韻》正。慶者，行賀人也。大慶謂大可賀之事也，凡从多之字訓大。」

烗下段注云：「凡言盛之字从多。」

兀下段注云：「凡从兀聲之字多取孤高之意。」

袗下段注云：「凡㐱聲字多訓為濃重。」

芌下段注云：「凡亏聲字多訓大。」

騢下段注云：「凡叚聲多有紅義。」

(7)劉師培《中國文學教科書》〈第八課・形聲釋例上〉：

「衷忠仲三字从中得聲，然咸有中字之義。」

濛矇曚饛懞五字从蒙得聲，然咸有蒙字之義。

枸拘笱鉤劬五字从句得聲，然咸有句曲之義。

价玠界三字从介得聲，然咸有大字之義。

惇敦醇諄淳焞䭃啍八字皆从享得聲，然咸有敦厚之義。

殫癉燀彈蟬禪六字皆从單得聲，然咸有盡字終字之義。

唛棱掕陵四字皆从夌得聲，然咸有高峭之義。

菁精彰崝清靖情婧綪十字皆从青得聲，然咸有清明之義。

梃侹頲挺四字皆从廷得聲，然咸有直字之義。

莖挳脛桱頸勁輕陘八字皆从巠得聲，然咸有側字之義。

呻伸電坤䰠五字皆从申得聲，然咸有申字之義。

論倫淪綸輪五字皆从侖得聲，然咸有條理成文之義。

訓順馴紃四字皆从川得聲，然咸有順從之義。

牣訒忍紉仞五字皆从刃得聲，然咸有隱藏之義。

諓棧殘賤俴綫錢淺餞九字皆从戔得聲，然咸有小字及盡字之義。

## 6. 凡形聲字多以其聲符為初文

(1)元戴侗《六書故·六書推類說》：

六書推類而用之，其義最精，昏本為日之昏，心目之昏猶日之昏也，或加心與目焉。嫁娶者必以昏，故因謂之昏，或加女焉。熏本為煙火之熏，日之將入，其色亦然，故謂之熏黃，或加日焉。帛色之赤黑者亦然，故謂之熏，或加糸與衣焉。飲酒者酒气酣而上行，亦謂之熏，或加酉焉。

(2)劉師培《小學發微補》：

後人解字以一義一象為綱，而區別義象之字皆屬靜詞、動詞，凡此字義象同於彼字義象者，在古代亦只為一字，後聖繼作，乃益以左旁之形，以示區別，而名詞以成，此古人抽象之能也。

又云：

如侖字本係靜詞，隱含分析條理之義，上古之時，只有侖字，就言語而言，則加言而作論，就人事而言，則加人作倫，就係而言，則加絲而作綸，就車而言，則加車而作輪，就水而言，則加水而作淪。是論倫等字皆係名詞，實由侖字之義引申也。堯字亦係靜詞，隱含崇高延長之義。上古之時，只有堯字，就舉足而言，則加走而作趬，就頭額而言，則加頁而作顤，就山而言，則加山而作嶢，就石而言，則加石而作磽，就馬而言，則加馬而作驍，就犬而言，則加犬而作獟，就鳥羽而言，則加羽而作翹，是嶢磽等字皆係名詞，實由垚字之義引申也。舉此數端，足證造字之初，先有右旁之聲，後有左旁之形，聲起於義，故右旁之聲既同，則義象必同，古人分析字類，腊悉憑義象之同異。而區別義象之字既係靜詞動詞，則古人未嘗區一物為一字明矣。及事物浩繁，乃以右旁之聲為綱，而增益左旁之形，此以質體區別事物之始也。

(3)劉師培「字義起於字音說」：

古無文字，先有語言，及本語言製文字，即以名物之音為字音。故義象既同，所從之聲亦同。所從之聲既同，在偏旁未益以前，僅為一字，即假所從得聲之字以為用。故數字同從一聲者，即該於所從得聲之字，不必物各一字也。及增益偏旁，物各一義，其義仍寄於字聲，故所從之聲同，則所取之義亦同。

何按：

兌（為悅說銳之初文）

《荀子・修身》「佞兌而不曲」注：「兌，悅也。」
《易・序卦傳》：「兌，說也。」
《老子》「塞其兌」，釋文：「兌，河上本作銳。」
《史記・天官書》「隋北端兌」，《漢書・天文志》兌作銳。
失（為佚泆之初文）
《周禮・大宗伯》「以防其淫失」，釋文：「失，本亦作佚。」
《莊子・徐无鬼》「若卹若失」，釋文：「司馬本作佚。」
《漢書・五行志・下之下集注》：「失讀曰泆。」
石（為碩之初文）
《莊子・外物》「無石師而能言」，釋文：「石本作碩。」
原（為源螈蠠之初文）
《禮記・學記》「或原也」，釋文：「原本作源。」
《周禮・考工記・梓人》注：「榮，原屬」，釋文：「原本作螈。」
《爾雅・釋言・釋文》：「原，舍人本作蠠。」
莫（為漠謨模䴿瘼鄚幕暮等之初文）

《詩經・巧言》「聖人莫之」，釋文：「莫又作漠，一本作謨。」，《漢書・敘傳・注》作「謨」。

《爾雅・釋蟲》「莫貈螳螂蛑」，釋文：「莫或作蟇。」

《詩經・皇矣》「求民之莫」，《漢書》作「瘼」。

《戰國策・楚策》「莫敖子華」，《漢書・古今人表》作「鄚」。

《漢書・李廣傳》「莫府省文書」，注：「莫府者，以軍幕為義。」

《史記・張釋之・馮唐列傳》「上功莫府」，索隱：「莫當為幕。」

《詩經・采薇》「歲亦莫止」，疏：「集本、定本暮字作莫。」釋文：「本或作暮。」

(4)凡形聲字必兼會意（依《說文》段注為說）：

「犨，牛息聲，从牛讎聲，一曰牛名。」

段注云：「凡形聲多兼會意，讎从言，故牛息聲之字从之。」

「池，陂也，从水也聲。」

段注云：「形聲之字多兼會意。沱訓江別，故从它，沱之言有它也。停水曰池，故从也，也本訓女陰也，《詩》謂水所出為泉，所聚為池。」

票字下段注云：「凡从票為聲者，多取會意。」

薾字下段注云：「此於形聲見會意，薾字華盛。濔為水盛皃。」

(5)「鋻、劉也。从金、臤聲。」
段注：「此形聲中有會意也，堅者土之臤，緊者絲之臤，鋻者金之臤，彼二字入臤部，會意中有形聲也。」
(6)「朸、木之理也，从木力聲，平原有朸縣。」
段注：「以形聲包會意也，阞下曰地理、朸下曰木理、泐下曰水理，皆从力，力者筋也，人身之理也。」
(7)「枼、楄也、枼薄也，从木世聲。」
段注：「凡木片之薄者謂之枼，故葉、牒、鍱、箼、偞等字，皆用以會意，府韵偞、輕薄美好貌。」
(8)「悒、不安也，从心邑聲。」
段注：「邑者人所聚也，故凡鬱積之義从之。」
(9)「鍠、鍾聲也，从金皇聲，詩曰鐘鼓鍠鍠。」
段注：「按皇大也，故聲之大字皆从皇。」
(10)「覭，小見也。从見冥聲，爾雅曰：覭髳弗離。」
段注：「如溟之為小雨，皆於冥取義，釋言曰冥，幼也。」

### 7.凡形聲字不兼會意者，為其變例

何案：

(1)其不兼會意者，或為狀聲之字，即凡以聲命名者不兼會意，如鴉、鵝、喔、喈。

(2)凡草木蟲魚獸山川方國等專名，先存於語言之中，其後製字，乃取諧音而已，故多不兼會意。如芐、鯉、沽、鄄等。

(3)其聲符無義可說者，有可以叚借說之。

黃季剛先生〈說文研究條例〉第五條：「凡形聲字無義可說，有可以叚借說之。」如祿从彔聲，祿者福也，然彔無福之義，彔與鹿音同，即可借鹿之義以說之。蓋古人狩獵得鹿，故云福也，字應作禄。

林師景伊先生曰：「祿應从示鹿聲，蓋彔無福義，乃借彔之音為鹿之義也。鹿肉美，獵而得之則為福，此如獵而得羊而為祥也，故祿字應作禄，今作祿者，以彔鹿同音而得相假也。」

說文麓之重文作綠，又漉之重文作淥，睩讀若鹿，可見古人鹿彔每相通用。

(4)或為後造俗字，而另有本字可求，當求之於古文字，及重文轉注字。

(5)純為記錄語言所造。

## ㈡音義之求，基於語根

1. 凡轉注字形體雖殊，音義自當相同，係由同一語根孳乳而出，是指狹義之語根而言

章太炎先生《國故論衡・轉注叚借說》：

「余以轉注叚借悉為造字之則。汎稱同訓者，後人亦得名轉注，非六書之轉注也。……字之未造，語言先之矣，以文字代語言，各循其聲，方語有殊，名義一也。其音或雙聲相轉，疊韵相池，則為更制一字，此所謂轉注也。……何謂建類一首，類謂聲類。……首者，今所謂語基。……其義相互容受，其音小變，按形體成別枝，審語言同本株，雖制殊文，其實公族也。……循是以推、有雙聲者，有同音者，其條例不異。」

2. 凡同音多同義，故凡發音部位或方式相同，及韻部近同者，其義象亦每近同，是亦由語根相同衍出，是指廣義之語根而言

3. 訓詁文字往往取之同音，旨在由語根而探義也

黃季剛先生〈說文研究條例〉第二十條：

「說文訓釋，往往取之同音，如天之訓顛，知天顛後世音異，而古人之讀可通。吏，治人者也，知吏治音異，而古人之讀可通。自此以徐，帝，禘也；禮，履也；反，覆也；禂，禱也；牲，馬祭也；祈，求也……諸文更不知其始。要之《說文》說解，其字與聲韵無涉者甚少。」

**4. 其語根不同之文字，義或相近，而終必有別**

**5. 語根之求，當求之於轉注、重文、正俗、古今字中，而必以象形指事文為主**

黃季剛先生〈說文研究條例〉第二條：

「不可分析之形體謂之文，可分析之形體謂之字，字必統於文，故語根必為象形，指事之文。」

**6. 既屬同一語根之轉注字（包括重文），其為形聲字者，聲符不同，聲符古必同韻，且往往通叚**

㈢凡同音字，往往叚借，叚借必有驗證可求

1. 凡同音多通

黃季剛先生〈說文研究條例〉第十六條：

「叚借之道，大別有二：一曰有義之叚借、二曰無義之叚借。有義之叚借者，聲相同而字義相近也。無義之叚借者，聲相同而取聲以為義也。故形聲字同聲母者，每每相叚借，語言同語根者，每每相叚借，進而言之，凡同音字皆可叚借。」

2. 凡云叚借，除具備聲音之必要條件外，尚得有充分條件之驗證，以證古昔約定俗成之習慣

(四) 凡無聲字，往往多音，多音故義亦多歧異

1. 無聲字往往多音

黃季剛先生〈說文研究條例〉第六條：

「說文內有無聲之字，有有聲之字。無聲字者，指事、象形、會意是也。有聲字者，形聲是也。」

黃季剛先生〈說文研究條例〉第八條：

「形聲字有與所从之聲母聲韵畢異者，非形聲字之自失其例，乃無聲字多音之故。」

如必，从弋聲

妃，从己聲

亏，从一聲

皆聲子與聲母之聲韵畢異者。

所謂無聲字多音

如丨下上通也，引而上行讀若囟，引而下行讀若退。（丨，古本切）

屮，艸木初生謂之屮，讀若徹，古文以為艸字。

皀，方立切、方力切，又讀若香。

疋，足也，古文以為詩大雅字，亦以為足字，或曰胥字、一曰疋記也。

### 2. 無聲字多音，則義亦歧異

周何《說文解字讀若文字通叚考》〈凡例〉第七條：

「文字之始，皆先有其義。心知其義，發乎脣吻而為聲音，是為語言。有義有音，而後畫成字形，是為文字。時有先後，地有南北，文字之作，自非一時一地一人之功，時有先後，前人已造某字，本有某音，後人見此字形，別賦當時想像之義，想像之義既別，所配聲音亦隨之而異；地有南北，本非同義同音，容或甲乙二人所畫字形雷同，後世合其流派，遂致字同而音歧也。此皆無聲字往往多音之理。形聲字必从其聲母之音，聲母或尚有聲母。推而溯之，必皆至於無聲字而後已；無聲字往往多音。故从以得聲之諸形聲字，亦往往音歧。」

## 二、形訓條例

### 1. 義存乎形，即形以見義

食，亼米也，从皀亼聲，或說亼皀也。

段注云：「此九字當作从亼皀三字，經淺人竄改不可通，皀者穀之馨香也，其字从亼皀，故其義曰亼米，此於形得義之例也。」

北，乖也，从二人相背。

段注云：「乖者戾也，此於形得義也。」

臭，大白也，从大白，古文以為澤字。

段注云：「全書之例，於形得義之字不可勝計，臭以白大會意，則訓之曰大白也。」

## 2. 凡从某皆某之屬

《說文》五百四十部首，每部首字下皆云：「凡某之屬皆从某。」

段注云：「凡云某之屬皆从某者，自序所謂分別部居不相雜廁也。」以分部首，故云「凡某之屬皆从某」，以立形訓，則曰「凡从某皆某之屬」也。

形聲字之形符，會意字、合體象形、合體指事等之形符皆得以形繫屬，如木部四一九字，字皆从木，咸為木之屬也。

## 3. 凡从某得形者，其義亦得因形母之引申而致多歧

如：

(1) 寸：a. 手也，如尉之从寸。

b. 法度也，如冠之从寸。

(2) 大：a. 大小之大，如美之从大。

b. 人也，如夫、天之从大。

## 4. 凡三合其文者，皆言其盛多若疾也

(1) 言其盛者，如：

「晶，精光也，从三日。」段注云：「凡言物之盛皆三其文。」

「焱，火華也，从三火。」段注云：「凡物盛則三之。」

「淼，三泉也，闕。」段注云：「凡積三為一者，皆謂其多也。」

「羴，羊臭也，从三羊。」段注云：「臭者气之通於鼻者也，羊多則气羴，故从三羊。」

「品，眾庶也，从三口。」段注云：「人三為眾，故从三口會意。」

「蟲，有足謂之蟲，無足謂之豸，从三虫。」段注云：「人三為眾，虫三為蟲，蟲猶眾也。」

(2)言其疾者，如：

「𠒋，疾也，从三兔。」段注云：「兔善走，三之則更疾矣。」

「麤，行超遠也，从三鹿。」段注云：「鹿善驚跑，故从三鹿，引申為鹵莽之稱。三鹿齊跳，超遠之意。」

「猋，犬走貌，从三犬。」段注云：「此與驫、麤、𠒋同意。」

**5.凡重文形變，其形符往往相通，有共通者，有專通者**

## 三、義訓條例

**1.有一辭而多義者**

蓋文字有本義、有引申義、有叚借義、有新生義等，本義惟一，而引申義無限，叚借義端視條件，新生義行於當時。

## 2. 有一義而多辭者

蓋有同語根之轉注字、孳乳字，有古今之異體字，亦有不同語根而使用意義相近者，其表達意象之符號諸多不同。

# 參考書目

## (一)重要參考書

訓詁學概論　齊佩瑢　廣文書局
訓詁學引論　何仲英　商務印書館
訓詁學概要　林　尹　正中書局
訓詁學大綱　胡楚生　蘭臺書局
中國訓詁學史　胡樸安　商務印書館

## (二)工具書

說文解字注　許慎著　段玉裁注　藝文印書館
經籍籑詁　阮元編　泰順書局
說文通訓定聲　朱駿聲撰　中文書局
中文大辭典　華岡書局

# 附錄一　春秋三傳「東其畝」解

周何

## 一、問題的提出

春秋魯成公二年六月癸酉，晉郤克會同魯、衛、曹三國之軍，與齊侯戰於鞌，結果「齊師敗績」，秋七月，齊侯派遣大夫國佐去求和，郤克提出的條件是：土地珍寶之外，還要以齊侯的母親蕭同叔子作為人質，以及齊之封內所有耕者「盡東其畝」。土地珍寶的需索倒無所謂，以人君之母作為人質，就已經不像話了；而「盡東其畝」，則更是無法接受。所以當時國佐的反應是：條件談不攏，請收回餘燼，背城借一。

至於「盡東其畝」為什麼晉人不能接受的原因，三傳都記載了國佐的說明：

△「先王疆理天下物土之宜，而布其利，故《詩》曰：「我疆我理，南東其畝。」今吾子疆理諸侯，而曰盡東其畝而已，唯吾子戎車是利，無顧土宜，其無乃非先王之命也乎？反先王則不義，何以為盟主？」（《左氏傳》）

△「使耕者東畝，是則土齊也。」（《公羊傳》）

△「使耕者盡東其畝，則是終士齊也。」（《穀梁傳》）

理由雖然不盡相同，而無法接受的態度，三傳則是一致的。無論是「戎車是利」、「無顧土宜」、「非先王之命」、「土齊也」、「士齊也」，都是由於「東其畝」或「東畝」的原因，所造成無法接受的結果，因此最重要的問題便是先要瞭解什麼是「東其畝」或「東畝」的含義。

## 二、過去的解釋

最先為「東畝」作解釋的是何休：

△「使耕者東西如晉地。」❶

其次是服虔注《左傳》的「東其畝」：

△「欲令齊隴畝東行。」❷

「東其畝」句又見於《韓非子・外儲說右上》：「文公見民之可戰也，於是遂興兵伐原，克之，伐衛，東其畝，取五鹿。」《呂氏春秋・簡選篇》也記述這件事：「晉文公造五兩之士五乘，銳卒千人，先以接敵，諸侯莫之能難，反鄭之埤，東衛之畝。」高誘注說：

△「使衛耕者皆東畝，以遂晉兵也。」

再其後則是杜預的解釋：

△「使壟畝東西行。」❸

❶《公羊・成公二年傳》何休注。

❷《史記・齊世家》「令齊東畝」集解引服虔說。

此後三傳的注家雖多，對「東畝」或「東其畝」的解釋，大致都差不多，都認為齊在晉之東，如果能令齊國的田畝全都改成東西向，將來晉國一旦須要用兵於齊國的時候，就可以毫無阻礙地長驅直入了，就如司馬貞所說的：

△「隴畝東行，則晉車馬向齊行易也。」❹

本來大家都這麼講，我們跟著這麼解釋也沒什麼不可以。不過仔細深入一點想想，又好像有些疑點不得解決。

## 三、解釋的疑點

何休的解釋說是「使耕者東西如晉地」，這個解釋似乎包含了兩個問題：首先是他把《公羊傳》的「東畝」加一個「西」字，說成由東向西，或者由西向東的意思，此所謂增字為訓。增字為訓容易發生

❸《左氏・成公二年傳》杜預注。

❹《史記・齊世家》「令齊東畝」司馬貞索隱。

偏差的原因，就是所加之字不一定確實符合原意。原文只是一個「東」字，一定要解為「東西」，實在令人感到懷疑。其次「如晉地」的說法，其先決條件必須是已經掌握了晉國境內耕地的狀況，確實都是由東向西，或是由西向東，而齊國境內耕地的狀況正好相反，全都是由南而北，或是由北而南，然後才能說將來齊畝改變的目標是「如晉地」。如果無法確知當時晉、齊兩國境內田畝的狀況究竟如何，而一定要說成變齊畝「如晉地」，不僅是值得懷疑，甚至於可以說是無從證實的答案。

乍看起來，前節所列各家的解釋好像差不多；但認真說來，其間仍有異同是非。服虔只說是「令齊隴畝東行」，而杜預則解為「使壟畝東西行」，以同是《左傳》名家而言，杜預的解釋應該是承襲服虔之說而來，然而實際上杜預似乎多少還是接受了何休說的影響，因為「東行」和「東西行」其實質的意義並不相同。阮元就曾說：

> △「案《史記集解》引服虔注無西字。朱鶴齡亦云西字衍文。然西非衍字，注謂作由西達東之路耳。」❺

阮元看得很仔細，認為服注無西字，杜注有西字，兩注並不相同，不必刪除衍文，使原本不同的解釋勉

❺ 阮元《春秋左傳校勘記》成公二年。

強合而為一。不過由於朱鶴齡和阮元對於杜注有無「西」字這一問題的討論，倒是真正給了我們一個重要的提示。在開始接觸到服、杜兩家解釋的時候，「令齊隴畝東行」和「使壟畝東西行」，不大容易注意到其間有何差異。經過這樣的提示之後，至少可以感覺出來，服注的「東行」大概沒有問題，而杜注的「東西行」是否能與「東其畝」的原文意義相合，就比較有點值得懷疑了。

根據文獻記載的資料來看，好像周、秦之際的耕作畎畝，自有其理想的制度規畫。《周禮・地官・遂人》之職，記載有遂、溝、洫、澮、川等的農田水利制度，鄭玄注說：「遂縱溝橫，洫縱澮橫。」又〈冬官・考工記・匠人〉之職也有井田制度的記述。姑且不論溝洫法與井田制有無差別，甚至也不必討論《周禮》所載古代制度是否確實，至少應該可以相信，農田水利少不了阡陌溝洫，而阡陌溝洫必然是有縱有橫。不可能一國的田畝要是縱行就全是縱行，如是橫列就全是橫列，所有行水的溝洫全都是平行並列，沒有交會之點，朝向一個方向各自奔流，即以普通常識也可想見絕無此事。因此何休、杜預「東西行」之說，如果說是為了將來能讓晉軍入齊時，消除障礙，暢行無阻，實在是有點奇怪。

## 四、問題的解決

既已感覺到「東西行」的解釋有如許可疑之處，不妨回過頭來，重新考察原文，也許在已有戒心，不會輕易淆混觀念的心態下，試探著再找出一些比較能夠合乎原文原意的消息。

《公》、《穀》二傳非常簡略，「土齊也」、「士齊也」，都只屬於不良後果的認定，對「東畝」或「東其畝」的意義考察幫助不大。《左傳》的記述比較詳細，相關的訊息值得特別留意的有兩點：

(1)《左傳》所載有徵引《詩經》者，其用意主要在於藉詩傳達或證明所要表達的意思。如果詩句的含義與本文不協調，則根本無須引詩；如果本文的注解和詩意不協調，則應該可以看得出是注解有問題。所引《詩經・小雅・信南山》：「我疆我理，南東其畝。」〈毛傳〉說：「或南或東。」孔疏先引《左傳》的「盡東其畝」之後，又解釋說：「須縱須橫，故或南或東。」孔疏的解釋顯然也受到東西曰橫，南北曰縱之說的影響，所以特別帶上「縱橫」的字眼。其實毛傳所說的或南或東相當清楚，南東並沒有縱行橫列的意思，而只是在說南邊的田畝或東邊的田畝而已。又《詩經》所見，如「饁彼南畝」❻、「今適南畝」❼、「椒載南畝」❽，所有的「南畝」都是指南邊的田畝，沒有任何一條類似的文句含有自南徂北的意義。既然《左傳》引《詩》「南東其畝」，絕對不是南北縱行、東西橫列的意思，那麼「東其畝」似乎也不應該解釋為東西橫列才是。

---

❻「饁彼南畝」句，見於《詩經・豳風・七月》，〈小雅・甫田〉，〈小雅・大田〉。

❼「令適南畝」句，見於《詩經・小雅・甫田》。

❽「椒載南畝」句，見於《詩經・小雅・大田》，〈周頌・載芟〉，〈周頌・良耜〉。

(2)《左傳》的這段文字裡，兩次提到「土宜」。先是說先王顧及天下物土之宜，然後又說晉侯不顧土宜，何以為盟主。前後對看，應該可以瞭解國佐所說的話的重點，在於強調應該注意物土之宜。「東其畝」之後，雖然可以達到晉國「戎車是利」的目的，然而卻造成齊國耕作土地不適宜的嚴重後果。因此對「東其畝」句含意的瞭解，必須同等分量地關注於「戎車是利」和「無顧土宜」這兩個條件因素的考量。過去似乎都只偏重於「戎車是利」條件的影響，於是因而產生了由西而東、東西行的聯想。當然，「戎車是利」也是決定性的條件之一，但也不容許就此以為滿足，不願意顧及「無顧土宜」的另一同等重要的決定性條件的存在。如果我們能心平氣和地把「戎車是利」和「無顧土宜」這兩個條件，並列結合在「東其畝」的主題之下，重新來作思考的話，「東西行」的說法應該是不能成立的。也許「東西行」好像可以和「戎車是利」的文句相容，但那也只是膚淺的表相相容，因為無論田畝是東西橫陳，還是南北縱伸，阡陌溝洫仍在，不見得對晉國的戎車有什麼利或不利。從另一方面來看，「東西行」和「無顧土宜」的文句，卻是無法相容。如果土地還是原來的土地，只是排列的方向作了改變，應該牽涉不到「土宜」的問題。土宜應該是指土地的性質是否適宜於耕作的意思，所以先王經過審度考量之後，規劃分配耕作有利的土地，或在南或在東。審度規劃的重點是物土之宜，什麼土地適宜於耕作，什麼土地不適宜於耕作，或者是什麼土地適宜於某些農作物，什麼土地不適於某些農作物。如果認為當年先王的規畫，晉國境內的田畝全是東西向，齊國境內的田畝全是南北向，如今晉國要齊國的田畝也都改成東西向，這樣的說法拿來解釋「無顧土宜」時，就顯得扞格而不能相容了。

## 五、結論

從上面的分析討論中，其實已經透露出一項指引思考的訊息。「如果土地還是原來的土地，只是排列的方向作了改變，應該牽涉不到『土宜』的問題。」如果我們能同意這個看法的話，當然很容易就可以推想到牽涉土宜問題的狀況，可能是土地不再是原來的土地。換句話說，田畝的更換遷移才會涉及到是否適合土地的問題。

於是我們再來考察一下那些典籍的原文，《左傳》、《穀梁傳》都是作「東其畝」，《公羊傳》只作「東畝」，字面上給予的印象還是相當的模糊和不確定。當我們再看《韓非子》記述晉文公伐衛事，也是說的「東其畝」，但《呂氏春秋》、《商君書》❾所記的是同一件事，而字面上卻作「東衞之畝」。由此可見「東其畝」的正確的解釋應該就是「東某之畝」。依照這個句型來看，「東」字應該作動詞用，也就是東遷的意思。齊、衞都在晉國的東邊，要齊、衞把接近晉國的田畝全部讓出來，遷移到更遠的東邊去，所以謂之東衞之畝，或東其畝，或更簡單些就說是東畝。這些田畝讓出來之後，則靠近晉國土地上再也沒有農

---

❾《商君書‧賞刑篇》作「東徵之畝」，孫詒讓校曰：「案：徵，當作衞。」

作物及隴陌溝洫的阻隔，所有人民也自然跟著往東遷移，田原荒廢，夷為平地，正是行軍便利，戎車暢通的最佳情況，所以國佐說是「戎車是利」。晉國的車馬得以恣意馳騁於齊國的土地之上，所以《公羊傳》說「是則土齊也」，等於是占領了齊國的土地。齊國上下都將是晉國的臣民，所以《穀梁傳》說「則是終土齊也」，范注云「則是以齊為土」。

齊國的東邊近海，地鹹多沙，不適宜於一般農業耕作，如果真的要把西邊適宜於耕作的田畝放棄，全部東遷近海，是誠所謂的「無顧土宜」，「非先王之命也」。

綜上所述，似乎惟有解「東」字為「東遷」、「遷往東邊」，才能兼顧「戎車是利」和「無顧土宜」這兩層意義的融會，才能真正切合典籍原文的要求，才能真正突顯表達齊國實在無法接受，何以寧可「背城借一」的原由。服虔說「欲令齊隴畝東行」，應該還是東遷的意思，而杜預採信何休之說，加上西字，說成「使壟畝東西行」，自此以後，相沿誤解者，大概都是習慣於前人已有解釋，懶得再費思量，稍加衍申，就算是自己的說法了。沒想到舊解可能有誤失，後人衍申可能有偏差，大家都跟著跑，永遠不知道錯在哪裡，所以我們經常強調要讀原典，這才是正本清源之道。

# 附錄二　論倒言之訓

周何

## 一、問題的提出

《詩・葛覃》：「葛之覃兮，施於中谷。」毛《傳》云：「中谷，谷中也。」毛《傳》只是簡單解釋「中谷」就是「谷中」，並沒有說明為什麼「中谷」就是「谷中」的原因。孔《疏》則說「中谷、谷中，倒其言者，古人之語皆然，《詩》文多此類也。」到了清、陳奐《毛詩傳疏》又說是：「中谷、谷中，此倒句法，『中谷有蓷』同，凡訓詁中多用此例。」陳奐很明顯的是承受了孔《疏》的影響，而且還認為這是訓詁的方法之一。依照孔《疏》的話，這種訓詁的方法可以稱之為倒言之訓。

其實孔《疏》類似這樣的說法頗為多見，如：

《詩・汝墳》「不我遐棄」，孔《疏》：「不我遐棄，猶云不遐棄我，古之人語多倒，《詩》之類此眾矣。」

《詩・谷風》「不我能慉」，孔《疏》：「不我能慉，當倒之云『不能慉我』。」

既有所謂的「倒」，相對的必然有所謂「正」；如果以「中谷」為倒其言，那麼「谷中」就應該是正其言了。換句話說，就是認為古代的人是倒其言，而後來的人反而是正其言；這種說法實在是有點奇怪。因為世間的事應該是先有常，而後才有變；先有正，而後才有倒。如果認為後來的是正，早先的是倒，至少是犯了以今律古的毛病。

也許有人認為倒句法是有的，故意顛倒其辭語，讓人一下子弄不清其含意，必須多看幾遍才能瞭解。多看幾遍，印象自會加深，於是作者的目的就達到了。這種故意彆扭的作法，當然不能說絕對沒有。但要說古代的人早已有此心機，而且說「古人之語皆然」，恐怕又犯了厚誣古人的毛病了。

閱讀古書，遇到某些障礙，前人有了一種解答之後，後人往往以為既有解答，就不大願意再加深思，於是就一路因循下去，而認為已是不成問題了。但就訓詁的立場來看，為什麼「中谷」就是「谷中」的原因，就這樣馬馬虎虎以「倒其言」三字作為交代，總覺得有點不太對，因此提出來討論討論，並就教於方家。

## 二、古語有不同於今語者

現在人說「你不要騙我」，翻成文言就是「汝不我欺」，而不是「汝不欺我」。說「汝不欺我」並不是不可以，總覺得好像不如「汝不我欺」來得好些。如果一定要問是什麼道理，只能說是以前看過別人這麼寫的，所以覺得「汝不我欺」似乎比較正確。這也就說明了所根據的是前人的使用習慣，誰也沒有注意到這習慣已經存在多久，而且早已大不同於現在了。

這種動詞和賓詞相互交換的習慣，在古書裡的確是多見，尤其是多見於一般的否定句或疑問句中。如《詩經》中所見：

〈召南．行露〉：「雖速我訟，亦不女從。」
〈衛風．竹竿〉：「豈不爾思？遠莫知之。」
〈大雅．桑柔〉：「倬彼昊天，寧不我矜。」
〈小雅．沔水〉：「民之訛言，寧莫之懲。」

「我訟」就是「訟我」，「女從」就是「從女」，「豈不爾思」就是「豈不思爾」，「寧不我矜」就是「寧不矜我」，「寧莫之懲」就是「寧莫懲之」，都是動詞和賓詞相互交換的現象。在遇到動詞和賓詞之間夾有介詞時，還是有動詞和賓詞相互交換的情形，不過因為中間的介詞仍然保留在中間，因此這種交換之後的句型，在我們現在的人看來確是相當的特殊，不太容易看得懂，如：

《左氏・昭公十九年傳》：「諺所謂室於怒，市於色者，楚之謂矣。」

《左氏・昭公十九年傳》：「其一二父兄懼隊宗主，私族於謀，而言長親。」

《墨子・非樂上》：「於武觀曰：啟乃淫溢康樂，野于飲食。」

「室於怒」就是「怒於室」，「市於色」就是「色於市」，「私族於謀」就是「私謀於族」，「野于飲食」就是「飲食於野」。這裡不過是隨便舉一些例句，說明古代語法中動詞和賓詞習慣上的位置，有不同於後世的情形。這在語法學專家的心目中稱之為詞序的問題，如張世祿所主編的《古代漢語》、何淑貞的《古漢語語法與修辭研究》等著作中，都曾談到這類的問題。不過張世祿的觀念，認為古今詞序大體上是一致的，也就是主語在謂語之前，賓詞在動詞之後；但看到古代語法中也有賓詞前置的現象，張氏則仍認為這是「倒句之例」。這種說法多少還是承受了前人的影響，因仍而不改。何淑貞也稱之為「倒序句」，不過她又補充說明說：「古代漢語和現代漢語不一致的地方，如果在古漢語裡是一種普遍的現象，就不能算是倒序，只認為是漢語語序的一種歷史變化。」這是非常平允公正的說法。

## 三、方位詞的不同用法

方位詞就是指東、南、西、北、中、上、下、內、外等設定事物方向或位置的名詞。現代語法的習慣，方位詞都是放在該事物的後面，如臺北、臺中、河南、山西、背朝東、面向上、坐北朝南，使用都很習慣，沒有任何問題。但當我們看到下面古代文獻的使用方式，就會覺得很奇怪，如：

《禮記・曲禮下》：「執禽者左首。」

《儀禮・士冠禮》：「兄弟畢袗玄，立于洗東，西面，北上。」

《儀禮・士相見禮》：「摯，冬用雉，夏用腒，左頭奉之。」

《儀禮・大射儀》：「建鼓在阼階西，南鼓；應鼙在其東，南鼓。」

《儀禮・大射儀》：「賓致命，公左還北鄉。」

《儀禮・士虞禮》：「水尊在酒西，勺北枋。」

以現在的習慣來說，「左首」、「左頭」一定說是「頭在左手邊」；「西面」、「北鄉」一定說是「面向西」及「面向北」；「南鼓」、「北枋」一定是說「鼓朝南」及「枋朝北」，所有的方位詞全都移後。這是現代語法的習慣，和古代語法顯然不同。雖然就句型組織上看來，上面所舉的例句，與《詩經》裡的「中谷」、「中林」、「中阿」、「中河」等似乎還是不完全相同，然而與現代語法一律改變為「谷中」、「林中」、「阿中」、「河中」相比對，其方位詞原來在前面的，現在都移到後面的情形是一樣的。也就是說無論其句型組織有何不同，表達事物方面或位置所使用的詞語，其習慣的改變，則是明顯相同的。

# 四、結語

從古至今，語言習慣的改變是自然的。其改變是過程，更是逐漸而緩慢的。因此所謂的改變，不見得能夠徹底地改得乾乾淨淨，總會保留下一些原有的語言習慣，和現有的語言習慣不同。但不能因此而認為現有的是正常的，不同於現有的即是非常的，或者說成是倒的。必須承認那是既有的事實，是當時人的語言習慣。現有的語言習慣，則是由從前的語言習慣，經過逐漸緩慢的歷史演變所形成的結果。因此對於古代類似「中谷」的詞語，由於其不同於現代「谷中」的習慣用法，而直接使用「倒其言」或「倒句法」這樣的觀念來作解釋，應該是不正確的。正確的訓詁，應該說「中谷」是古人的語言習慣，現在都是作「谷中」。

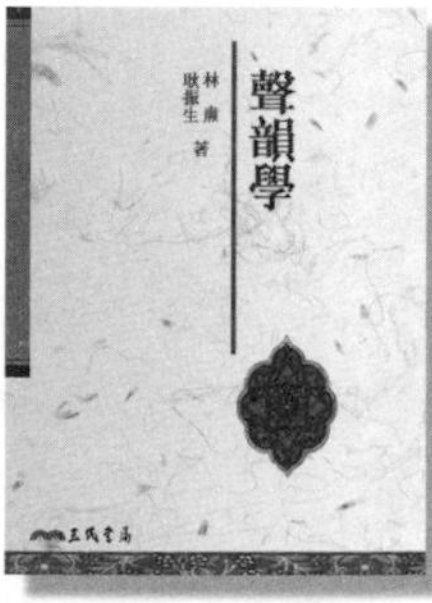


## ◎聲韻學

林燾、耿振生／著

在國學的範疇裡，「聲韻學」一向最為學子所頭痛，雖然從古至今，諸多學者、專家投身其中，然或失之艱深，或失之細瑣，或失之偏狹；有鑑於此，本書特別以大學文科學生和其他初學者為對象，不僅對「聲韻學」的基本知識加以較全面的介紹，更同時吸收新近的研究成就，使漢語音系從先秦到現代標準音系的演變脈絡清楚分明，各大方言及歷代古音的構擬過程簡明易懂，堪稱「聲韻學」的最佳入門教材。

## ◎中國文字學

潘重規／著

本書作者以浸淫國學數十載的功力，分析比較中國文字的構造法則、文字流傳解說的歷史，進一步肯定推崇《說文解字》在文字學上的地位與價值。繼而分別說明文字書寫工具的源起與沿革；上下縱論中國文字的演變，從鐘鼎彝器甲骨文乃至於歷代手寫字體，莫不加以詳細而清晰之闡述。藉由本書，讀者將可充分了解中國文字之優越性，以及中國文化之淵深廣博。

## ◎國學導讀（三）

邱燮友、周何、田博元／編著

本書是一部國學入門的工具書。共收有國學科目六十四種，類別為五大門類，每一門類，每一導讀，均請著名的學者執筆。其珍貴，在結合當前國內外漢學或國學界的精英，集其數十年教學研究的心得，用最簡潔的文字，報導該科的內容；其精華，在每一字每一行間，都是經驗和智慧的累積。因此該書，猶如一座漢學的寶庫，國學的萬里長城。

國家圖書館出版品預行編目資料

中國訓詁學／周何著.——二版一刷.——臺北市：三民，2022
面； 公分

ISBN 978-957-14-7504-2（平裝）
1. 訓詁學

802.1 111012188

# 中國訓詁學

作　　者　周　何
發 行 人　劉振強
出 版 者　三民書局股份有限公司
地　　址　臺北市復興北路 386 號 ( 復北門市 )
　　　　　臺北市重慶南路一段 61 號 ( 重南門市 )
電　　話　(02)25006600
網　　址　三民網路書店 https://www.sanmin.com.tw

出版日期　初版一刷 1997 年 11 月
　　　　　初版三刷 2008 年 6 月
　　　　　二版一刷 2022 年 10 月
書籍編號　S801730
I S B N　978-957-14-7504-2



三民書局